Klops und Glumse

Die Zeichnung auf dem Umschlag schuf Erich Berend.

Dieses Buch erscheint mit freundlicher Genehmigung des Verlages Gräfe und Unzer, München. Es sind wiedergegeben die Broschüren „Klops und Glumse, erste Auslese“ (vollständig), „Klops und Glumse, zweite Auslese“ (vollständig), „Schabber, Schabber“ (teilweise) und „Kinderchens“ (teilweise).

Gesamtherstellung: Druckerei Gerhard Rautenberg,
2950 Leer
ISBN 3-7921-0287-0

Marion Lindt · Robert Johannes

Klops und Glumse

VERLAG GERHARD RAUTENBERG · LEER

Inhalt

ROBERT JOHANNES:

Walter Scheffler: Heimkehr nach Königsberg 7
Keenigsberger Klops 10
„Im Blutgericht" 11
Klatsch 12
Ach, wie doch de Tied vergeiht 13
Freiwill'ge vor! 13
Die kalte Mamsell 15
Regen 16
Klagegestöhn eines ostpreußischen Bürgers 18
„Carl Schier" 20
Das Schluchzen 21
De Wittsche ehre Method 23
Tofredenheit 24
An meine Ziehgarr 25

Dichtungen von Carl Buttgereit aus Gaweiten:

Die beese Welt 26
Elendiglich 28
Aufenthalt im Walde 28
Christorbeeren 29
Nachtnebel 30
Friehlingslied 31
Wir saßen in die Laube 31
Gute Nacht! 32

Aus dem Aufsatzheft eines kleinen ostpreußischen Schülers:

Das Obst 33
„Das Aug" 33
Der gehörnte Siegfried I. 34
Der gehörnerte Siechfried II. 35
Die Babies 35
Das Ferth 36
Das Hun 37
Ostpreußischer Brief 38
Klempnermeister Kadereit sendet einen offenen Brief 43
Leichenrede 45

Bericht der Urte Pallapies an ihre Freundin über die Hochzeit bei Blubbereits in Petreithelen 46
Rede des Klempnermeisters Herrn Karl Kadereit als Präses des Handwerkervereins in Insterburg 50
Tante Malchen vor Gericht 54
Tante Malchen im Luftballon 58
Was Tante Malchen erzählt: „Kaisers kommen!“ 61
Die Fleck 64
Albertchens Wunschzettel am lieben Weihnachtsmann (v. A. de Resée) 65
Quodlibet Königsberger Redensarten 67
Ostpreußische Liebesahnung 70
Wenn du noch eine Tante hast 71
Mutter on Sähn! 72
Karoline Klätrigkeit oder „Wem nehm' ich?“ 74
Ein Kind 76
Meine Tante Klara 77
Ostpreußische Seelenkämpfe 78
Immer in Angst 79
Das Strümpfestoppen 80
Der Segen des Trinkens 82
Der Kirchenbau 83
Angst 84
Mein Jettchen 85
Mein liebes Tantche 86
Auf der Post 87
Elegie 88
Monolog eines Königsberger Getreideträgers 89
Krankenlage 90
Puppchens Korsett 91
Die Lotte aus Schippenbeil 93
Das Motiv 94
Max und Moritz 95
Frau Schacknies im Museum 96
Ein Brief eines litauischen Mädchens 98
Dichtungen von Carl Buttgereit aus Gaweiten:
Meine Bräute 101
Es lenzt 103

Der Winter 104
Erfüllter Wunsch 104
Flaumenmuß 105
Friehlings Vorahnung 105
Aus dem Aufsatzheft eines kleinen ostpreußischen Schülers:
Der Laupfrosch 107
Der Storch 108
Die Birgschafft 109
Das Rind 110
Der Elefant 111
Was „Tante Malchen“ erzählt 112
Tante Malchen sucht ihrer Nichte einen Dienst 115
Tante Malchen auf Wohnungssuche 119

MARION LINDT:

Die Reise nach Lixeiden 124
Ein Pillkaller 126
Marjellchen geht einkaufen 127
Die Karten lügen nicht 131
Fritzchen und die Sprichwörter 135
Junges Gemüse 136
Iphigenie auf dem Lande 141
Ostpreußische Sprichwörter und Redensarten 142

Walter Scheffler

Heimkehr nach Königsberg (im Geiste!)

Ach, noch einmal Pregel riechen,
Nochmal längs der Fischbrück gehn,
Dicke Kuppelweiber sehn,
Klara, Rosa und Mariechen,
Wie sie unter Krollenmützen
Blubbernd hinterm Fischtrog sitzen.

Hungrig macht es, rumzuschettern
So mang Dorsch und Räucheraal –
Mal dort in den Keller klettern,
In das alte „Flecklokal" ! –
Ei, das war ein duft'ger Schmaus !
Gleich zwei Kummchen schrapt' ich aus.

Nu nach dem Genuß der Flecke,
Raus aus Dorsch- und Stintgestank !
Schloßberg rauf zu „Ziemers Ecke" –
Runter mit dem „Bärenfang" ! –
Ich müßt ja schön dammlich sein,
Nähm' ich nich noch Einen ein. –

Aber jetzt noch mal nach unten
Ins Lastadienviertel gehn –
Mang den alten, schönen, bunten
Speichern scheiwelt's sich so schön.
Liebt' es stets, da rumzuschlorr'n –
Wie das riecht nach Flachs und Korn !

Nu mal hin zur Laak, der griesen,
Doch von mir stets still geliebt –
In der Markthall mang Gemüsen
Wurd' ich mal schön ausgestiept:
„Kieck dem Lorbaß", schrie Frau Schmidtke,
„Wöll twei Kumstköpp för een Dittke !"

Jetzt für'n halben Dittchen rüber
Mit der Fähr' am Hundegatt –
Dort im Kneiphof wie im Fieber
Rollt und rennt die halbe Stadt.
Wie ich nu zur Vorstadt will,
Steht mit einmal alles still –

Denn die Brück' geht auf – Ich steh
Gern an dieser Pregelecke,
Kick mich satt und riech und schmecke
Mit dem Westwind Haff und See.
Kähne fahren, Dampfer auch –
Möven glitzern durch den Rauch.

Langes Stehn geht auf die Waden –
Will mal schraggeln Richtung Schloß,
Sacht vorbei an manchem Laden,
Wo ich allerhand genoß:
Plouda, Kempka und die andern –
Schwer wird mir's vorbeizuwandern.

Nu mal unterm Schloßturm hucken,
Wo der „alte Wilhelm" steht,
Auf die Kantstraß runterkucken;
Wie sich das da schiebt und dreht!
Bismarck steht da, strammes Mannchen,
Hinter ihm blühn die Kastanien.

Aber jetzt zum „Blutgerichte"
Durch das Tor zum Schloßhof gehn –
Da träumt's gut sich von Geschichte,
Doch auch andres ist geschehn!
Dort in jenem dustren Keller
Schien mir oft mein Schicksal heller –

Jetzt jedoch ein Endche weiter
Will ich trinken edlern Geist: –
Ja, die Seel' wird hell und heiter

Wen das „Haus der Bücher“ speist!
Proppdicht voll war oft der Laden,
Man konnt’ rein in Büchern baden.

Ach – nochmal auf „Königsgarten“,
Umbenannt „Paradeplatz“,
Auf ’nem Bankche huckend warten
Auf den allerliebsten Schatz –
Dort im schönen Weisheitshaus
Gehn Studentchen ein und aus. –

Aber nu am Schloßteichrande
Träumrisch sitzen unterm Grün –
Bootchen fahren, Bootchen landen,
Schwäne durch das Wasser ziehn.
Dort das Brückche, bunt belebt –
Eine Möve drüber schwebt ... –

Ist es möglich, ist es möglich,
Daß nu all dies Schöne hin,
Daß ich selbst, so klamm und kläglich
In der Fremd’ als Flüchtling bin!? –
Bis ans Grab werd ich’s beklagen,
Daß mein Königsberg zerschlagen.

Walter von der Laak

Robert Johannes

Keenigsberger Klops

Ich hätte einen netten Mops,
Der war nich hier aus uns're Gegend;
Er fraß nich Keenigsberger Klops,
Und ging nich aus, hätt' es geregnet.
Er könnt nich dienen, könnt nich springen,
Er könnt rein nichts, mein netter Mops;
Doch ärgert mir vor allen Dingen:
Er fraß nich Keenigsberger Klops!

Ich ließ ihm hungern an drei Wochen,
Da sah er wie e Windhund aus;
Er hätte nuscht wie Haut und Knochen –
Nu wurd es aber mir zu kraus!
Ich ließ ihm wieder Klöpse kochen –
Er schniffelt d'ran, mein netter Mops,
Und denkt: ich hunger noch drei Wochen,
Ich freß nich Keenigsberger Klops!

Na, is das denkbar, dacht ich mir,
Daß so e Tier das nich will fressen;
Und wir, wir Keenigsberger, wir,
Wir kennen gar kein bess'res Essen!
Auch „Fleck" setzt ich ihm vor – er fraß nich –
Zu dammlig war mein netter Mops –
Er könnt nich sitzen mehr, er saß nich
Und fraß nich Keenigsberger Klops!

Nu könnt ich länger mir nich halten:
Ich klemmd ihm fest mit meine Knie
Und stobbd ihm Klops in alle Falten;
Nu missd er schlucken, wie noch nie!
Dem andern Tag, 's ist nicht zu denken –
Da war er tot, mein netter Mops – –
Warraft'gen Gott! Man mir zu kränken,
Starb er an Keenigsberger Klops!

„Im Blutgericht"[1])

In unserm alten „Blutgericht" –
Hei! wie die Propfen knallen!
Ist mancher, ob er wollt', ob nicht,
Die Treppe hinaufgefallen.

Hinunterfallen ist nicht schwer,
Das können schon kleine Kinder,
Jedoch „hinauf" – a la bonne heure!
Das tun nur zechende Sünder!

Nur solche, die des roten Bluts
Zuviel hinuntergegossen,
Die dann die Treppe – guten Muts –
Für 'ne Leiter hielten mit Sprossen.

Geblendet tritt man oft hinein,
Geht bis zur Treppe munter,
Bleibt stehn, sieht auf der Zecher Reih'n
Und steigt bedächtig hinunter.

Am hellen Tage Gaseslicht
Macht keinem hier Beschwerde;
Schmeckt es beim Lampenlicht denn nicht
Hier gut „tief unter der Erde?"

Wie schwer wird's oft, zur rechten Zeit
Den Weg „zu Muttern" zu finden!
Ein kurzer Weg – wie wird er weit,
Wenn Willenskraft will verschwinden.

Und keift zu Hause denn die Frau,
Nennt sie euch „Bösewichter",
Dann widersprecht nicht und seid schlau,
Schiebt alles auf den Richter.[2])

---

[1]) Beliebtes Weinlokal in Königsberg. [2]) Der Wirt.

Und wenn sie euch viel „Saures“ gibt,
Und keift noch immer toller,
Denn schenkt ihr Kuchen, den sie liebt,
Schiebt alles auf den Boller ![1])

Und wenn der Zank kein Ende nimmt,
Führt sie ganz froh und munter,
Seid ihr im Innern auch ergrimmt,
Schnell in den Keller runter.

Hier trink’ sie, daß sie sich verschnauf’,
Daß sie nicht mehr kann lallen.
Und fallt die Treppe ihr hinauf,
Kann sie ja runter fallen!

Klatsch

Weete S’, truutste Merteneitsche ?
Gistre bi de Johneleitsche – –
Da weer doch de Adomeitsche,
Piepereitsche, Buttgereitsche,
Dietrichkeitsche, Dawideitsche,
Penkoweitsche, Poweleitsche,
Kimnigkeitsche, Kämereitsche,
Onn de scheewe Jodeleitsche
Öngesoape, on wat dheit se ?

Opp de Poweleitsche geiht se,
Mött ’m ohle Bessem schleiht se,
Ehr dem Puckel ganz terbleiht se;
Dä Schangdarm kömmt on leit se
Onne Klus’, ömm Torkle geiht se. –
Hinderher de Adomeitsche,
Piepereitsche, Poweleitsche,
Kimnigkeitsche, Buttgereitsche,
Dietrichkeitsche, Dawideitsche,
Onn de goode Johneleitsche.
Denkens S’ bloß, Fruu Merteneitsche,
Dä Schand fär de Jodeleitsche !

[1]) Der Küfer.

Ach, wie doch de Tied vergeiht

Ach, wie doch de Tied vergeiht,
Dat Licht, et mott verbrenne.
Wie könne nich in Ewigkeit
Hier dorch dat Lewe renne.
Et kömmt de Tied, wo önne Weeg,
Dä schworte, sei ons stöcke,
Da ruh wi denn von Sorg on Meeg,
Ons deit nuscht mehr bedröcke.

Wenn jong wi sönn, denn mark wi nich,
Wi schnell dä Dage goahne,
Wi flackre wi e Dittkelicht,
Dat ön dem Wind deit stoahne.
Böt dat wi marke: nu ös ut,
Sei ons seß Bräder gewe,
Da freg wi denn verwondert luut:
„Dat weer dat ganze Lewe ? !"

Freiwill'ge vor!

De Frötz Maguhn wör twintig Joahr,
Doch ön dem Kopp noch nich ganz kloar;
Sonst wär he odder stark on groot,
E Keerl, so an sesst halb[1]) Foot.
On keem et em ook recht verquer,
Se steckde em en't Millethär,
He seech denn ok so als Rakrut
Von bawe bet unde – dammlig ut.
De Untroffzehr on de Leitenant,
Dä keeme oft fer Wut ön Brand.
De Hauptmann schreeg: „Nein, dieses Vieh
Verdirbt die ganze Kompagnie' !"

[1]) Fünfeinhalb.

Et wör to väl, dat to vertelle,
Wie domm sick Frötz wussd antostelle. –
Möt een Stöck Schwienfleesch enne Hand,
Da makd he „Front“ ferm Leitenant.
On eenmal, et wör biem Schargeere,
Ward de Leitnant „Fertig“ kommandere.
Da säd ons Frötz: „Scheen Dank ook, Herr!“
On ging tu Hus möt sien Gewehr,
Eenmal röppt he fer siene Brut –
Biem Schildwachstoahne de Wach' herut
On seggt tom Leitnant Herrn v. Höhne:
„De Jutte sull dat ook mal söhne,
Dat öck hier hew to kommandeere,
Sonst deihd se mi nich estemeere!“
De lange Leitnant – Herr von Bronn –
Hätt' mal Rekruteninstruktion.
He sprook e bätke dorch e Näs,
Von „Achselstück“ un „Portepees“,
Von dit on dat on allerhand;
Toletzt seggt ons Herr Leitenant:
„Ich will euch heute noch ermahnen;
Seid würd'ge Söhne eurer Ahnen!
Und merkt euch, daß die Tapferkeit
Fast immerdar den Sieg verleiht.
Sie ziehrt am meisten den Soldaten,
Begeistert ihn zu Heldentaten.
Der Mut gibt uns die höchsten Rechte,
Drum zeigen wir ihn im Gefechte;
Und was der Feldherr wird verlangen,
Das müssen tun wir, ohne Bangen.
Ein Feigling darf nicht einmal wagen
Des Königs Ehrenrock zu tragen!
Drum schallt euch mal der Ruf ins Ohr
In heißer Schlacht: „Freiwill'ge vor!“
„Was hat da der Soldat zu tun?
Antworten Sie mal – – – Fritz Maguhn!“

(in höchster Verlegenheit)

„Denn mott öck fohrts nach hinde renne –
Damött de Freiwill'ge vär kame könne!“

Die kalte Mamsell

Als wieder de Friehjahrszeit war erwacht,
Wo alles grient, bliehet und singet,
Stand ich Fingstfeiertag auf um halb acht,
Un dachte: ob mir's nich gelinget
Ein Mädchen zu finden, das scheen und das nett,
Und sollt' ich auch suchen bis morgen,
Das fein und lieblich und zichtig, adrett,
Und miss'd ich mir eine borgen.

Ich ging nu immer so hin und her
Un könnte se gar nicht finden;
Ich dammelte so die Kreuz un Quer,
Der Mut schon wollte mir schwinden.
Un dabei war die Hitze so groß,
Die Poggen[1]) sie quarten im Sumpfe,
Ich setzt' mir im schattigen, kiehlen Moos,
Auf einem stumpfen Tannenbaumstumpfe.

Und neben mir saß auf derselben Stell'
E Mädchen, so scheen wie zwei Engel –
Ich fragd: „Was sind Se?" „„Ich? Kalte Mamsell!
Sie dammliger, griener Bengel!""
„Ach Gotte!" sagd ich: „bei die Hitze so kalt?"
Da lachd' se und wurd' ganz gemietlich;
Wir saßen allein in dem Tannenwald –
Se war auch zu appetitlich!

Se öffnet e Buddel so eins, zwei, drei,
Das hat wie Madeira gerochen;
Auf einmal schreit se: „Ei wei, ei wei,
Mich haben de Hemskes[2]) bekrochen!"
„Ach Gotte! mir auch!" so rief ich laut,
„Se sitzen mir schon auf die Beine!"
Wir gingen nu in dem Tannenstrauch
Und kratzten uns – jeder alleine.

---

[1]) Frösche. [2]) Ameisen.

Se hätt eine große Lischke voll
Von Brot, Butter, Wurst und Schinken;
Ich war vor Hunger und Liebe ganz doll
Und ließ mir nich zweimal winken.
Ich legt' mir nu in de Wirschte rein,
Auch hab' ich die Wurschtpell' gegessen,
Die kalte Mamsell schenkt zum Trinken ein –
Mir wurd' ganz heiß unterdessen.

Un wie wir die Buddels ausgelutscht,
Da könnten wir kaum noch kriechen;
Se hat mir zum ersten Mal gebutscht[1]),
Das liebe, das trautste Viechen.
Se meinte, ich wär e ganz netter Mensch,
Und sagt: „so können Se bleiben,
Doch werden Se glupsch[2]) un wetterwendsch,
Denn können S' mir drieber schreiben!

Oft stand ich des Abends vor ihrer Tür,
Se hat mich mit Schinken gefuttert –
Un fehld's an die nötige Dittchens[3]) mir,
Denn hat se mich auch bemuttert.
Nu is se weg, meine nette Margell –
An mir kann man's deitlich lesen:
So heiß, wie bei dieser „kalten Mamsell",
Is mir noch kein mal nich gewesen.

Regen

Es pladdert ohne Ende,
Bindfäden jeden Tag;
Wohin man sich auch wende,
Es pladdert allgemach.

Schon jeder Wurm in Preußen,
Is glücklich eingeweicht
Und krächzt und hat das Reißen,
Das macht: es is zu feucht.

---

[1]) geküßt. [2]) hinterlistig. [3]) Groschen.

Beim Leitungswerk dort oben
Is wieder was entgleist;
Der Deiwel hats verschoben,
Der Petrus is verreißt.

Nu drippelt es un pladdert
Und plurkscht ohn' Unterlaß
Und gießt und klatscht un quaddert,
Bis alles quitschenaß.

De Muttche gab e Groschen
Als Bahngeld – ach, wie süß!
„Vergeß nich die Galloschen,
Sonst kriegste nasse Fieß!"

Nu panscht der dös'ge Bengel
Im Rinnstein bis ans Knie,
Und fällt er mal vom Stengel,
Denn quatscht es wie noch nie!

Der Klepper an der Ecke
Stöhnt: „Kutscherche, ich kleb'!"
Der bringt die Pferdedecke,
Die Tantche nimmt das Cape.

Der Droschkengaul liebt Pfützen,
Man radelt selbst im Patsch,
Und um die Ohren spritzen
Kann dir der schönste Matsch.

Ob deine Seele heiter,
Ob tief bekümmert du –
Da draußen pladdert's weiter
Und pfeift sich eins dazu.

Und eh' die Sonn' wird siegen,
Hast du so manches weg!
Dem Rheuma und die Fliegen,
Dem Schnupfen und dem Dreck!

Ein altes Lied mit neuen Versen

Klagegestöhn eines ostpreußischen Bürgers

Wi Börgersch sönd beduurensweert –
Wat sulle wi dabie make?
De Wölt, dä ös hiet ganz verkeehrt,
Dä kann sick suuer kake!
Ach, gaht mit mött däm ganze Kram,
Dat ös doch nuscht to prahle. –
Wi Börgersch hebbe de Last davon,
Wi motte doch alles betahle!

Wat doh öck met dem Magistrat?
Wat doh öck met de Regierung?
Wi Börgersch weete sölwst ons Rat,
Wi brucke keine Belihrung.
Towatt ös bloß de Reichsdag da?
Towatt sönd denn de Wahle?
Wi Börgersch hebbe de Last davon,
Wi motte doch alles betahle!

„Betahl, betahle, Mönsch, betahl!"
So geiht dat hiet onn morge;
Onn sölle föllt een Sonnestrahl
Op uns're schware Sorge.
Onn disse Stieer, onn jenne Stieer,
Wi hucke wie op Kahle –
Onn ömmer drauht de Gerichtsvollzieher –
Ju Börgersch motte betahle!

Onn wenn sick eener mal beschweert
Denn nähme's' dat noch äwel;
Se hucke da op't hooge Peerd
Onn spucke ons oppe Stäwel;
Onn denke: na, nu makt man wat,
Ju könn' ons – lang wat krahle;
De Börgersch hebbe de Last davon,
Onn nu man rasch betahle!

Wat brucke wi e Gimnasium?
Wat brucke wi to stodeere?
De Jungens bliewe doch man domm,
So wölle kein Handwark lehre.
Rechtsanwalts göfft et schon genoog,
Dä sull de Diewel hale –
Wi Börgersch hebbe de Last davon,
Wi motte doch alles betahle!

Mänch Jung, dä ös noch nich ganz drög
Onn schafft sick schon e Brut an;
Denn liggt ook bool wat enne Weeg,
Dat heert sick dann sehr luut an.
Oes eerscht de Adebar ön Sicht,
Dröckt sick de Bengel verstahle,
Wi Börgersch hebbe de Last davon,
Ook dat motte wi betahle!

Doch dat ös man bloß Kinderspäl!
Dat Dollste sönn de Soldate!
Nei, wat to vähl ös, ös to vähl,
Dat mott mi Jeder late.
Dä Masse Peerd', dä Masse Räck,
Dä Masse Stäwelsahle! – –
Wi Börgersch sind bloß da to da,
Dem Krempel to betahle!

Nu frag öck bloß, ön Afrika – –
Wat brucke wi Koloniee?
Dä arme, schwarte Mönsche da
Kriee Prögel, dat se schriee.
Dat Land hett ons noch nuscht gebrocht,
Da könne wi nich möt prahle –
Wi Börgersch hebbe de Last davon,
Wi motte dem Jux betahle!

De Wehlan, Peters onn de Leist!
Nei, seggt blos Lied', seggt, Kinder!
Eener pittschd', de Peters hängd tomeist!
Dat weere Mönscheschinder!

De schwarte Wiewer leete se
Sick oft tom danze hale – –
Wi hucke hier onn danze nich,
Odder wi motte ömmer betahle!

De Unfall- onn de Krankekass'
Hew' wi nu glöcklich gekräge;
De Doktersch kömmt dat sehr to paß,
Dat ös ook de ganze Segen.
Wenn hiet so e Lehrjung Schnoppe krögt,
Man gliek dem Doktor hale.
Wi Börgersch hebbe de Last davon,
Wi motte alles betahle!

Ei de Mergelles oppe Straß
Möt dä gebrennde Locke!
Von bawe hui! – von unde fui!
Oon ömmer terretene Socke.
Se gahne oppem Klatterball,
De Schoh meist ohne Sahle!
Wi Börgersch hebbe de Last davon,
Wi motte alles betahle!

On mänche make sik so gar
Noch roode onn witte Backe.
Se hewwe falsche Thän onn Haar,
Onn scheefgelop'ne Hacke.
Se hewwe so 'ne Luftballons,
Se klimpre, singe, male –
Wi Börgersch hebbe de Last davon,
Wi motte alles betahle!

„Carl Schier"

Ostpr. Platt.

Carl Schier stund bi de Infanterie,
Da mussd' he ook das Scheete lehre;
De merschte Tied schoot he ferbie,
Dat dheit ja Manchem ook passeere,

Dä schon väl bäter scheete kann. –
Da foahrt em Leitnant „Pisian“ an:
„Sie Ochse! Esel! Rindvieh! nein,
Wie kann ein Mensch so dämlich sein!?
Sie sind das größte aller Rinder!“
„Zu Befehl!, Herr Leitnant!“ seggt ons Jung;
On Leitnant „Pisian“ schömpt un sprung
Wie'e Zägebock. – „Nun sagt mal, Schier,
Seid ihr zu Haus noch viele Kinder?“
„Nei!“ seggt Koarl Schier
„Wir sind man vier!“
„Sind die denn alle so – gescheit?“
„I ja, Herr Leitnant, met dat, dat geiht!“
„Na, was betreiben denn die Leut',
Die sind blos da um Mist zu fahren!?“ –
„De Eener ös Dokter all siet Joahre,
De Andre ös Rechtsanwalt geworde,
On hätt ook schon dem Kroneorde;
De Dredder, möt dem gung't nich los,
Dem full dat Lehre schwar, da säd voll Boss
Ons ohle, lewe Paster Miehlke:
De Jung hefft nuscht öm Kopp wie Kielke[1]),
Dat wart woll nuscht möt dat Studdeere,
Dä mott sick all wat andersch lehre.“
„Womit soll d e r denn einst auf Erden
Sein Brot verdienen, dummes Vieh!?“
Da seggt ons Koarl ganz stramm on frie:
„W i r d a c h t e n , e r s o l l t' L e i t n a n t
w e r d e n !“

D a s S c h l u c h z e n

Nach einem Gedicht a. d. „Fl. Blättern“.

Oft sprach Frau Lehmann in der Nacht:
„Was schluchzt blos mein Gemahl?
Hat er denn einen umgebracht
Und leid't jetzt Seelenqual? –

[1]) Kielke = Klöße.

Spielt er und sieht er denn im Traum
Dem „Tempel“[1]) aufgebaut?
Träumt er – ach Gott – ich glaub' es kaum:
Dass ihm wo Einer haut? –

Hat er vielleicht ein Techtelmecht',
Und ist das Herz ihm schwer?
So gerne ich ihm helfen möcht' –
Ein Techtelmecht' – das wär zu schlecht,
Da helf' ich nimmermehr!“

Als sie ihn wieder schluchzen hört,
Ruft sie: „Ach, lieber Mann,
Sag, Lehmann, was den Schlaf Dir stört;
Ich helfe, wenn ich kann!“

Sie macht die Lamp' an, tritt hinaus.
Doch wie sie ihn erblickt,
Schreit sie: „Er trinkt die Wärmflasch 'aus –
Ach Gott! er is verrückt!“

„Erbarm' Dir blos und schrei' nich so!“
Sagt Lehmann voller Boss; – –
„Wenn das der Schneider Meyer hört,
Denkt er, Dir is was los!

Die Wärmflasch' wurde zu schnell kalt,
Denn fror ich jämmerlich – –
Nu hab' ich sie mir mit – Grog gefüllt
Denn das hilft innerlich!“ – –

„Da also kam das Schluchzen her?“ –
Und Lehmann, schon im Tritt,
Reicht ihr die Wärmflasch', die fast leer –
„Da, Alte, schluchz' mal mit!“ – –

---

[1]) Tempel-Hazardspiel.

De Wittsche ehre Method

Dree Fruenslied hucke biem Kaffee tosamme,
De Wittsche, de Schittsche, de Schmidtsche mit Noame.
Sei drinke on schmatze dat Ledder söck voll,
On klatsche on tratsche, dat ös wörklich doll.

Alles motte sei bespräke on alles berichte,
De grulichste Lög on de dollste Geschichte.
Da ös kein Bekannter, ob noah odder feern,
Woröwer de Drei söck nich boshaft mokeern.

Na endlich, da sönn sei bie de Mannslied gekoame,
Dat ös nu dat richtigste Thema för Doame.
Da schmeckt denn de Plurksch noch e moal so fien,
On dat Mulwark, dat jeiht wie e Häckselmaschin.

„Achchott!“ söffst de Schmidtsche, on schöddelt dem Kopp,
„Heert doch von de Mannslied to schabbere man opp.
Mienem Borschtekopp seh öck boal nichtere nich mehr,
Denn lewer wi mi, hätt er Toback on Beer!“

„Ei mien ohler Brommel“, so jammert de Schittsche,
„Wie lang ging de Lew to mi bi öm schon flittsche.
Kein Fruensmensch ös öm to häßlich on schlecht,
Hei zagelt ehr noach, de schändliche Knecht!“

So kloage de Beide, bederwt on bedrippelt,
Indeß de Fru Witt ehrem Kaffee utstippelt
On Koke genoame, so e halw Dutzend Moal,
Als wör ehr de Jammer vollständig egoal.

Nu kratzt se bedächtig de Kremels tosamme
On seggt denn: „öck weet nich, wat wölle de Doame.
Öck sei doch verfriet schon veel länger als Sei,
Doch so 'ne Geschichte erlewt öck nich – nei!

Mien Mann ös genau noch so nett wi vor Joahre,
Siene Lew hätt noch nuscht an Omfang verloare,
– Hei söppt nich! – Hei rookt nicht! – Zagelt keiner nich noa“!
„Ach“! söffzte de Beide, „Sei sönd glöcklich – ach ja!“

Fru Witt reckt de mächtige Glieder on seggt denn op hoch-
„Ich hab einen Mann einen rechten, [dietsch:
Was meinen Se, er macht mir noch heutigen Tag
Eine Liebeserklärung so oft ich es mag ! !"

De Beide verschwauksche dem Kaffee, dem heete,
„Wie ös dat bloß meeglich, ja dat michte wi woll weete !
„Ganz einfach, öck klopp öm dat Ledder torecht
So lang, bis er endlich ich liebe Dir seggt !"

Tofredenheit

Wi sönn nich blos op disse Wölt
Tom Stoat on tom Vargnöge;
Wer weete wöll, ob hei wat göllt,
Dä mott de Hand okk röge.
Doch Gölt on Goot bringt Äwermoot,
On Äwermoot bringt Sorge;
On hest Du blos Dien däglich Brot,
Brukt di kein Mönsch to borge.

Dromm hew öck om Tofredenheit
Ons Herrgottke gebäde;
Fer dat, wat hei mi gäwe dheit,
Da si öck ook tofräde.
Wi weete, dat hier Mann fer Mann
Het stramm sien Dheel to dräge,
Doch mehr als eener schleppe kann,
Mehr hett noch keiner gekräge.

Schwoar ös so 'ne Dracht, dat ös gewöß,
Doch geiht et nich an't Läwe !
Öck nähm dat Alles wie et ös:
Ons Herrgott hätt't gegäwe;
On wat dä göfft, ös een Geschenk,
Fer dat öck em mott danke;
On wenn öck daran ook man denk',
Denn hol öck mi ön Schranke !

On geiht et mänchsmal ook verkeehrt,
On moot öck mi ook placke: –
Dä ös kein Mann, dä sick nich weehrt,
Wenn emm de Sorge packe;
On ös de Tokunft noch so schwart,
Deiht mi dat Hart ook bräke,
Öck kann doch, ös ook krank min Hart,
To mienem Herrgott spräke.

Ja, wenn dat so möt Jedem steiht,
Wat weer dat doch fer Läwe!
Tofredenheit! Tofredenheit!
Da kömmt doch nuscht dagege.
On wenn ons letzte Stund ook schleiht –
Micht doch ons Herrgott gäwe,
Dat wi ook önne Ewigkeit
Tofrede wider läwe!

An meine Ziehgarr

Fier e kleines Toppche Linsen
Ging dem Esau inne Binsen
Die beriehmte Erstgeburt.
Nich fier Hummern, nich fier Manna,
Aber fier 'ne Kist Havanna
Gäb ich auch die meine fort.

Denn fier drei famose Sachen
Tät uns Gott dem Schnabel machen,
Gar so schön und rot wie Blut.
Daß wir's Küssen nich vergessen,
Zweitens, daß wir mit ihm essen,
Drittens, daß man rauchen tut.

Hab' ich was zu ieberlegen,
Oder tu ich auf mich regen,
Schnell die Ziehgarr ins Gesicht.
Wenn vor Ungeduld ich zappel –
Rasch den Stummel in den Schnabel,
Und ich bin im Gleichgewicht.

Leute, die im Neid versinken,
Die behaupten, du tätst stinken,
Selbst mein Weib wirft öfters mich
Aus der guten Stub bei Zeiten –
Na – denn rauche ich bescheiden
Meinen Stummel inne Kich!

Ziehgarr! duftge, liebe, sieße,
Sei bedankt und sei gepriesen,
Bis zum Wolkenreich hinauf.
Wenn ich sterb', statt scheene Worten,
Gebt mir mit 'ne Kist Importen
Und der Petrus schließt mir auf.

Dichtungen von Carl Buttgereit aus Gawaiten bei Goldap:

Die beese Welt

O Welt, so schwarz und triebe,
Wie diestre Mitternacht,
O Tag, durch Schicksalshiebe,
Wie wirst du mirb gemacht!

An greielhafte Grinde
Führst du die Menschen ran,
Und immer man bloß Sinde
Man deitlich sehen kann.

Und schleicht der Abend nieder,
Wenn denn der Tag vollbracht,
Hat er denn nicht die Brieder
Viel beeser noch gemacht? –

Sie sitzen in die Kneipen
Bei einem Glase Bier.
Und Manche trinken zehne,
Manche manchmal bloß vier.

Sie trinken Grock – und vielen
Und zählen ihm nicht genau;
Und wenn sie „Schafskopp“ spielen,
Dann lacht zu Haus die Frau.

Wenn sich zwei Herzen fanden,
Wo bleibt da der Verstand ? –
Die küssen sich zu Schanden,
Die Frau und der Leitenant !

Ach, wenn die Frau noch jung is,
Wehrt sich der Leitnant nich,
Doch wenn se überwendlich,
Schickt er dem Fähnderich.

Der muß sich erst belernen,
Denn er is man noch nei;
Und wenn er sehr geknutscht wird,
Denn geht er leicht entzwei.

Is er entzwei gegangen,
Gibt er sich einem Schwung;
Er schreibt der alten Schachtel:
„Für dir bin ich zu jung !“

Denn sitzt se und denn plinst se,
Weil se nich sind'gen kann
Nimm du se, du gewinnst se,
Wenn dir was liegt daran !

O Welt voll Trug und Schimmer,
An dir kann keiner rann !
Nei, so ein Frauenzimmer !
Und „Schafskopp“ spielt der Mann !

„Aus !“

Elendiglich

Der Mensch soll sich niemals der Liebe ergeben,
Sie hat schon gekostet so manchem das Leben.
Es hat mir mein Mädchen die Liebe versagt –
Ich hab se verklagt!

Ich war ja in der Marjell ganz verschossen,
Mein Herz brannt wie Pinsch, noch mit Spir'tus begossen;
Da kam der Lepnies wegen Ferkel bei uns ran –
Sie sah mir nich an!

Ich bat ihr, sie möcht von dem Kerdel doch lassen;
Er will ihr schimpfieren; sie mög ihm doch schassen;
Gebeten hab ich, geporrt Tag und Nacht –
Se hat bloß gelacht! –

Jetzt schmeckt mir kein Essen, jetzt schmeckt mir kein [Trinken,
Vor Elend möcht ich in der Erde versinken.
Nun grinsen se alle, sogar unser Knecht –
Die Menschen sind schlecht!

Und bin ich gestorben, dann laßt mich begraben,
Und laßt zu ein Kreuzche zwei Bretter abschaben,
Und lasset zwei feuernde Herzen drauf malen –
Sie muß es bezahlen!
Aus!

Aufenthalt im Walde

Gestern bin ich in dem Wald gegangen
Und wanderte die Kreuz und Quer;
Ich hätt' mir gern in's Gras gelagert,
Wenn's nicht zu feucht gewesen wär'.

Und morgen will ich wieder gehen
Denselben Weg, und ist's nicht naß,
Denn zappl' ich fröhlich mit die Beine
Ins wundervolle griene Gras.

Und strampeln will ich in demselben,
Denn in dem Gras ist es zu sieß,
Vertreiben soll mich keine Mücke,
Und keine Spinn' mit lange Fieß.

Und wenn die Hemskes[1]) mich bekraufen,
So ist dies mir auch ganz eingal;
Ich frage nuscht nach diese Dinger,
Die mir bereiten Pein und Qual.

Und krieg' ich einem mang die Finger,
Zerquetsch' ich ihm den Unterleib
Und schmeiß' ihm weg; das gibt mir immer
So nebenbei noch Zeitvertreib.

Und wenn ich in die Sonne sehe,
Denn muß ich prusten, rein wie doll;
Denn kommt noch eine Ferdebremse,
Und macht mein Leben sorgenvoll!

Von unten Hemskes, oben Bremsen –
O Gott! Wie ist die Welt doch schön!
Nu hör' ich aber auf mit's Dichten
Und sag' man bloß: „Auf Wiedersehn!"

Aus!

Christorbeeren[2])

Mein Leib, der is rein wie zerfressen,
Da sitz' ich mit gekrümmten Bein'n. –
Ich hätt' Christorbeer'n gegessen,
Na, nu stellt sich das Kneifen ein.

Ich sitze wie e Haufche Unglück,
Denn ach, mir tut der Leib so weh;
Erst hätt' ich Buttermilch getrunken,
Nu eimerweis Kamillentee.

---

[1]) Ameisen. [2]) Stachelbeeren.

Un an dem überheizten Ofen
Da wärm ich mir dem Unterleib!
Ach, könnte mich doch einer raten,
Wie ich das Kneifen mir vertreib'!

Es burbelt mir in meinem Bauche,
Da wo ich steh' un wo ich geh'. –
Am bestens ist's im Bett ich krauche
Und sauf' noch mehr Kamillentee!

Ach, nie nich in dem Leben will ich
Christorbeer'n essen, ach herrjeh –
Und nie nich wieder Buttermillich –
Nei, nei! Was tut der Leib mir weh!
Aus!

Nachtnebel

Nich blau,
Nei grau
Scheint die Au
Und die Frau
Mit dem Schleier
Am Weiher!
Nirgends hallt
In dem Wald
Noch ein Ton,
Es ist schon
Mitternacht –
Kein Mensch wacht! – –
Blos die Frau
Auf der Au,
Mit dem Schleier,
Am Weiher;
Sie vergeht
Wo sie steht;
Nu is schon spät –
Na so ein Krät!
Aus!

Friehlingslied

Ich hops' herum, un hops' herum
Un lach mir schief, un lach mir krumm
Und 's gibt doch nuscht zum Lachen.
Nei, daß ich heit so schußlich bin
Un rennen möcht durch dick un dünn,
Kann blos der Friehling machen!

Da draußen wird schon alles grien,
Un ich, ich soll im Zimmer drin
Noch dichten un noch schreiben,
Nei! wenn ich an dem Friehling denk,
Da kann ich, nei, ich krie de Kränk,
Nich ruhig hucken bleiben!

De Sonnche macht mir auf dem Tisch
Ganz gelbe Flecken; frech und frisch
Die Spatzen jubilieren.
Ich zieh mir an dem Ausgehrock,
Ich nehm de Mitz un nehm dem Stock
Un dann geh ich spatzieren!

Aus!

Wir saßen in die Laube

Wir saßen in die Laube,
Der Flieder duftet sieß –
Ich sprach: „O meine Taube!"
Sie – spickd mir mit die Fieß!

Wir saßen auf einen Haufen Werg,
Den Blick gesenkt nach Innen;
Das macht: sie war aus Kenigsberg,
Und ich war aus Gumbinnen.

Wir saßen unterm Rosenstrauch –
Ihr Auge spriehte Feier;
Ich fragd: „Marieche, liebst mich auch?"
Da sagd se: „Ungeheier!"

Ging ich zu ihr, denn saß se stets,
Nichts konnte se erhitzen;
Na, sagen Se, was sollt ich tun?
Ich ließ die Mergell sitzen!
Aus!

Gute Nacht!

Ich sitz allein im Zimmer,
Mir tut so weh der Bauch;
Vor Zahnschmerz leis ich wimmer,
E Hexenschuß hab ich auch.

Die Lamp fängt an zu schwählen,
Der Petroljum is verbrannt.
Ich muß mir mit's Dichten quälen.
Und ich hab e verstauchte Hand.

Ich bedichte mein Feinsliebchen.
Und frag, ob sie mir treu;
Und seufz vor Schmerz im Stübchen.
„Ach nei! ach nei! ach nei!"

Du Trautste, Sieße, Feine,
Der Seeger schlägt ebend zehn;
Ich hab schon kalte Beine,
Ich werd man schlafen gehn. – – Aus!

Aus dem Aufsatzheft eines kleinen ostpreußischen Schülers:

Das Obst

Das Obst weckst auf Beumen, Streichern un anne Erd, was gesund is, nehmlich das Essen, aber nich zu fiel, weil indehm man sonst sehr oft rausgehn muß.

Obst wird auch Frichte genannt un is denn dasselbe. Man findet es in Gärten un inne Einmachgläser. Es gibt sehr fiele Sortens von Obst. Kern- un Steinobst, Trauben un Bären. Außer den Bären gibt's auch noch Flaumen, wo man immer Bauchweh kriegt un nachher Haue, weil ich immer de Kerne runterschluck – aber denn kommen se auch nich raus. Firsiche sind auch Obst, aber se wachsen nich auf de Beume, sondern klettern de Wände rauf, was Spaliehr heißt un fiel Sonne braucht. Auf Beume findet man auch noch Raupen, Käfer, Äpfel un Birnen. Äpfel sind schon im Paradies gewachsen un Adam hat einen davon gegessen, aber nur weils die Eva wollte, weshalb se denn de Wohnung wechseln mußten.

Man findet unter dem Obst noch eine Masse Frichte, auch sehr nette Frichtchen, wozu auch ich zähle, sagt mein Vaterche un womit ich schließe.

„Das Aug"

Das Aug sticht im Kopf, manchmal innen Fuß. Das is eine andere Art von Augens. Es gibt auch Schielaugens, und wo einer solche hat, wird auch Schieler genannt. In die Farbe gibt es graue und braune Augens. Wenn sich das weiße von die Augens, was einer Augäpfel nennt, entzündt und einer baggert drin, dann gibt es auch rote Augens und einer kann die Sehkrankheit kriegen; manchmal kriegt einer auch blaue Augens; mein Vater auch, aber immer erst am Blaumontag, der färbt ab. Unter die Augens gibt es auch Neunaugens. Das sind Fisch und können schwimmen. In Marmelad eingelegt heißen sie marmelierte Neunaugens, denn kosten se zwei Dittchen und denn können se nich mehr schwimmen. Inne Supp sind auch Augens, mänchsmal nich. Dieses sind Fettaugens. Inne Fleck sind viel Fettaugens, wegen die fette Därmels, dran kann einer sich ambarschtig fressen – sagt mein Vater und ißt sich ambarschtig. Auf das Bier sind Pollezeiaugens; die sind immer da, wo se nich sein sollen, sagt mein Vater und dann puhst er se weg. Mancher hat auch Hühneraugens; sie wachsen unter die Hacken und auf die Zehn. Wenn die Witterung umschlägt, denn piesacken se einem. Mein Vater hat auch sone Biesters, auch aufe Nas. Das is aber keins, das is eine Kweese. Er reibt die Hühneraugen mit griene Seif ein, oder das hilft nichts. Er sagt, das is das beste Mittel, dann gehn se weg. Wenn sie nich gehn, geht er und dann kömmt er zwei Tag nich zu Haus und wenn er kömmt, sagt er: ich hab se mir vergangen und dann schmiert er wieder. Je mehr er schmiert, desto länger bleibt er weg und dann kömmt er erst Blaumontag und denn haben wir alle blaue Augen. Die Mutterche ihre sind am blausten, weil sie so viel schimpfen tut.

Der gehörnte Siegfried

I.

Siegfried wurde geboren in Niederland. Sie freuten sich sehr, und er hatte sich von klein an tüchtig angeführt. Und als er größer wurde, wurde er immer schlechter und hatte seine Eltern viele Sorgen bereitet. Sein Vater hat ihm bei dem Schmidt Mimer hingebracht als Lehrling. Er mußte den Mimer eine Last Kohlen holen von 'n Köhler und als er im Walde kam bei eine Grube, da waren lauter giftige Schlangen und Lehmwürmer (Lindwürmer) und giftige Kräten drin. Er riß Bäume aus, er warf sie in der Grube. Er ging bei den Köhler, er wollte von ihn eine Schaufel Feuer holen. Der Köhler aber sprach: Du wirst nicht wieder kommen, unterwegens wird Dir ein Drache entgegenkommen, der freßt Dir! Der Drache aber, der sollte den Siegfried zerfressen. Siegfried ging zu die Grube und schmiß die Kohlen zwischen die Baumstämme und verbrannte sie. Nu fing alles an zu brennen und die Schlangen schmorten, die Kräten auch. Er machte sich aus einem Stammbaum eine Keile und schlug mit dieselbe dem Drachen tot. Als er das Fett sah von den Tieren, da steckte er seine Finger rein und sah, das es Horn geworden war, er badete sich darin, da war er ganz Horn. Aber es fiel ein Blatt beis Baden auf seinem Puckel, dadurch hatte er eine verwunderte Stelle. Nu ging er zurück zu die Gesellen, die hätten Angst, denn er haute ihnen immer. Siegfried wurde sehr zornig, machte sich einen Säbel und ging wieder heim.

Der gehörnerte Siechfried

II.

Er riß ein paar Baumstämme aus und schlug den Deibel dot, dann stach er die Baumstämme an und verbrannte ihm. Bei das Braten lief eine ganze Menge dünnen Schmalz raus. Er tunkte einen Finger rein und als er ihm wieder an die Luft hielt, da war er mit eine dicke Hornhaut bezogen. Nu zog er sich ganz aus und badete sich in das Fett und kriegte ganz und gar eine Hornhaut. Beis Baden war ihm aber ein Blatt auf dem Puckel gefallen. Dadurch behielt er hinten ein Loch, an das er später starb.

Die Babies

Die Babies sind die kleinsten Menschen wo man gibt. – Bei uns gibt es immer ein Babie; und wenn das anfängt zu laufen, kommt ein anderes und denn is das das Babie.

In unsere Straß sind sehr viele Babies; in jedes Haus eins. Jetzt, wo die Sonn' scheint, kommen alle auf die Straß', und denn sieht einer erst, wie viel da sind!

In manchen Babiewagen sitzen zwei. Eins hat dem Kopp vorne, eins hat ihm hinten. Auf diese sagt einer Zwillingen; denn sie sehen sich so ähnlich, daß einer, wenn einer, und einer sieht eins an, einer immer denkt, das is das andere.

Die Babies sind sehr lieb und gut – wenn sie schlafen; wenn ihnen aber einer wäscht, oder einer ihnen weckt, denn brillen sie; denn muß einer ihnen brillen lassen; wenn einer ihnen aber brillen läßt, denn brillen sie noch mehr, denn muß einer ihnen aufnehmen, und immer hin und her gehn und muß ihnen schütteln und dazu singen:

„Hoppe, hoppa heichen,
Koch' das Kind ein Breichen;
Tu' ein bißche Zirup ran,
Daß das Kindche lecken kann!" –

oder denn brillen se noch mehr.

Denn zieht sich mein Vater immer an und geht weg, wenn er denn schon zu Haus' is; er is aber denn noch immer nich zu Haus'.

Jeder war einmal ein Babie; – Großpapa auch. Er hat aber damals noch nicht so ausgesehn wie jetzt. Keine Haare hat er auch schon gehabt, aber weißen Bart – nei! So sagt meine Mama, wo ihm doch damals schon gekannt hat.

Die Babies haben keine Zähne und nichts anderes im Mund, wie dem Daumen oder dem großen Zeh; – sie müssen oft gewaschen werden und dann bestreut einer ihnen mit Mehl und denn hängt einer die Silwetten am Ofen zum Trocknen auf und denn riechen sie – und wenn sie riechen, geht mein Vater immer weg, wenn er denn schon zu Haus' is; er is denn aber noch immer nich zu Haus'.

Wer die Babies bringt, weiß einer nich ganz genau. Einer sagt, der Storch bringt ihnen und einer sagt die Frau Müllern; – ich glaub' beides nich ganz. – Die Frau Müllern is aber schon wieder da – – – herrjehs, herrjehs! Nu muß ich all wieder Lutschpungel machen!

Das Ferth

Das Ferth is ein Tier; es hat vier Beine, an jedem Eck eins. Hinten is noch eins, das is aber keins, das is ein Zagel. Da sitzen Haare dran; daran kann man zieh'n, denn schlägt das Ferth. Die langen Haare sind zu's Ausreißen und denn geht einer damit angeln und denn beißt nuscht. Vorne hat das Ferth den Kopp zum Aufklappen. Das Alter vons Ferth steht auf die Zähne, da sieht einer rein, aber einer muß das Maul aufmachen und lesen können. Auf dem Kopp sitzen die Ohren, auch die Bremsen; da hört das Ferth mit. Wenn einer das Ferth kitzelt, denn legt es die Ohren an dem Kopp; denn lauf ich weg. – Hinter die Ohren hat das Ferth die Mähne; das sind Haare; die sind aber zu kurz zu's Angeln; wenn es wild wird, schüttelt es ihr. – Das Ferth is unten von Eisen. Wenn das Karrissell kommt, denn sind se von Holz. Denn kostet es man bloß 5 Fennig; das tun wir gerne. Wenn der Mann es nich sieht, denn kost es nuscht. Einige Ferde dienen bei die Soldaten. Wenn ein Soldat stirbt, schadt nuscht! Wenn ein Ferth stirbt – herrjeh! Magere Ferde heißen Kraggen; einige Kraggen gehen bis sie tot sind; andere werden geschlacht; daraus werden Madratzen und Wurst gemacht. Meine Mutter will nich auf sie liegen und ihnen nich essen; mein Vater desto länger. Das Ferth hat 4 große Zehen; da läuft es mit. Manchmal kriegt es da ein neues; das macht der Schmitt. Wenn ihm der Schmitt von einem Zeh was abschneit, das steck ich dem Kardel inne Feif; denn wird ihm übel und denn haut er mir und denn sag' ich das meinem Papa und denn haut er ihm auch.

Das Hun

Das Hun gehört zu die Zologie. Es hat vier Zehen und damit reicht es bis an die Erde. Zwischen die Zehen hat es keine Schwimmhaut. Wenn es eine Schwimmhaut hätt', wär es e Ent', oder das ist sie nich. – Auf dem Kopp steht ein roter Fleischerkamm. – Unter dem Kopp steht auch noch was, das ist ein fleischiger Lappen. Das Hun ist ein kahnförmlichtes Haustier, aber sein Schwanz ist dachförmlicht. – Das Hun sein Schwanz ist hinten; vorne hat es keinem, als bloß eine weiße Nickhaut; damit schläft es. – Es trägt ein verschiedenes Federkleid von Farbe. – Der Han ist männlich und stolz mang die Hüners. Er gehört auch zu die Zologie. – Das Hun und der Han hat an jeder Seite ein kleines Auge; das ist zum Besehn. – Der Han kräht. Das Hun kann nicht krähen, darum kluckt sie. Das Hun legt zwei Eier, der Han nich eins, das sind drei. Darum steht er auch auf dem Kirchturm. Sie legt uns Eier, Federn und zuletzt einen sehr nahrhaften Braten mit Reis. Denn hört es auf Eier zu legen. Lebendige Junge kann sie nicht kriegen. Das Ei will ein Hun werden und wird es auch, wenn es vorher nicht gerührt wird mit Prieslauch (Schnittlauch). – Das Ei besteht aus Dudder und Eiweiß. Denn ist es ein Windei. Ein orntliches Ei ist ein Windei mit Rum und gestoßenen Zuckerkant. Meine Mutter nimmt weißen, wenn ich dem Husten hab; mein Vater dem Rum, auch wenn er keinem Husten hat, denn hustet er. – Es gibt auch verschiedene Eier. Diewelchen sind weich, diewelchen sind hart. Die Ostereier werden vom Han gelogen; auch der Hase legt ihnen. Die Zuckereier legt der Kanditter, innen mit Puppchens. – Dieses ist eine Sage. – Das Hun frißt Brot, Weiz und pickt dem Kalk von die Wänd, wenn einer dran is. – Beim Saufen legt es dem Kopf nach hinten, denn macht es die Augen zu – mein Vater auch. – Denn sieht es in den Himmel und denn singt er: „Keinen Tropfen Wasser trinkt das Hun", und es trinkt doch. Die kleinen Federn werden in Betten eingemacht, die großen spicken. – Wir hätten einen Han gehabt, der fraß 20 Maikäwers auf einmal. Nu is er tot. – Na siehst, sagt mein Vater; der ißt aber keine Maikäwers.

Ostpreußischer Brief

Trudchen Kautschkat an ihre Freundin Emmchen Kallnieß

Porwischken, den 1. November 1912.

Trautstes Emmche!

Du wirst all ganz boßig auf mir sein, weil ich, wo ich Dir doch versprochen hätte unser letztes Fergniegen gans ausfierlich zu beschreiben, immer und immer rein nuscht von mir hören laß, aber warraftigen Gott, Duche, ich könnt die Feder an Dir nich ergreifen, denn worum ? weil wir hier auch alle mit die Maul und Klauenseuche behoften sind. Vater war all ganz bedammelt von all das Unglück. Achott, sagt er, nei, sagte er, daß diese Seiche jetzt auch noch über unserm Haus kommen mißd, unsere beste Kuh is all hin, wo Großche man im Friehjahr die große Krämpfen hätte und die Muttche sich das teiere Gebiß bezähmen mißd (von wegen die bessere Verdauung; oder sie nimmt es immer raus beis Essen, denn es is ein amerikanisches), die Dokterrechnungen nehmen gar kein End nich mehr, nei, sagt er, und die Weiber sind auch zu vergnügungssichtig. Hierauf stichelt er auf mir und bei jede unpassende Gelegenheit schmeißt er mir das Kränzchen in Pillkallen vor, wo wir das letzte mal das Tanzbein geschwungen hätten. Ich wer denn auch all gans gluupsch von dem ungerechten Geschabber, wo ich doch nuscht davor konnte, aber jetzt liebes Emmche, is die Maul und Klauenseich auf Abwegen begriffen, der Vatche schumpft weniger, die Sonnche scheint, gestern Abend hätt unsere Sau geferkelt und jetz könnte ich Dich das Fergniegen beschreiben. Na, weißt ! –

Es war so e richtiges Dreckwetter, als wir hinkarjohlten, der Matsch spritzte man blos so ummc Ohren. „Halt Dir bloß das Tuch vornen fest zusammen, Trudche“, sagd die Muttche, „sons krichst Du noch aufem nackichten Hals von dem Geschwadder“, sagt se, „und hernachert denkt so e Krät, Du hättst Dir nich gewaschen.“ Ich hätte nämlich mein neies hellblaues Ausgeschnittenes an un vornen drei rote Rosen vorgeknallt. Der Emil Blubbereit hätte mich gebeten Vergißmeinnichtchens zu nehmen, wo seine Lieblingsblumen sind, oder ich dacht, nei, dacht ich, nu grad nich, ich mag mir nich auf die Art verabreden, wo nachher sich so ein dammliger Bengel Rosinen von innen Kopp setzt. Als wir hinkamen, war es noch recht frieh und der Gastwirt Pietschke hätte auch wieder eine Friehsöse angaschiert. Ich sagte ihr, daß sie mir auch friehsören könnt, oder sie sollte man nich wieder so viel runterstoppen unterm Kopp, denn der Emil schärbelt zu verrickt und nachher bei Galopp links rum verlier ich immer was. Wie ich mir nachher im Spiegel bekick, is mein Dassel auch richtig wieder achtkantig. – „Es is die neie Kurrhahn-Fraesur" sagt die olle Trin zu mich; „der Klee-Scheitel is nich mehr Mod, Freilein", sagte sie. Erbarmung ! Oder ich hätt ihr schon bezahlt.

Wie wir nun innen Sahl runter kommen, das heißt die Muttche und ich, denn der Vatche hätte sich schon mit dem dicken Papenfuß im Gastzimmer gesetzt und sie schlubberten ein Tulpche Grock nach dem anderen, waren man blos erst so ein paar Mergellens da, oder nei, da sah ich auch all dem Emil Blubbereit anne Wand stehn wie angenagelt. Wie er uns sieht, stirzt er natürlich gleich auf uns los, aber sie hätten all Talkum gestreit und drum glutschd er aus und kömmt grad auf meine Fieß zu sitzen. Na ich pruhst nu natürlich los und er wird feierrot, wird er, und wie er sich wieder aufgerappelt und inne Höh dammelt – rietz ! platzen ihm überm Knie die Bicksen ! Da sagt er denn: „Guten Abend, die Damen ! Dirft ich zur Pollenäse bitten, Freilein Kautschkat ?" Erbarmung ! Na, ich sagt nu: „Oben is eine Friehsöse", sagt ich, „die könnt Ihnen ja gleich zunähen." Aber der Mensch hätte rein nuscht gemorken und so meinte er denn: „Zunähen ? Wo soll sie mir denn zunähen ?" – Oder plötzlich ahnt ihm doch was und er frägt: „Hab ich mir vleicht hinten ?" ... „Nei vornen", sage ich. In diesem selbigen Augenblick kömmt der Kardel Pieper und grinst und sagt: „Aber Mensch", sagt er, „was hast Du blos für Kniescheiben ?" – Es waren all mehre dazu gekommen und sie wollten sich rein pucklich wiehern, bis das der Emil verduftete. Nu fung all die Pollenäse an und ich ging mit dem Kardel Pieper. Alle Herren hätten so e buntes Schleifche angestochen und Herr Pieper hätte noch so Aettliches dabei bommeln wie Ordens. „Herr Pieper", frug ich, „was haben Se denn da doch so alles bei sich von Kreiz, Kringel und Zwieback ? Was bedeiten die Schleifches ?" „Die Schleifches", sagt er, „bedeiten", sagt er, „das wir haben mißd Angtreh berappen und das übrige bedeitet, das ich der Angterpluhnöhr von dies Fergniegen bin."

Na nu verkrängelten wir uns wie das immer so is bei die Pollenäsen und auf einmal im dollsten Kuddelmuddel is der Emil wieder da mit die zugenähte Kniescheiben. Er faßt mich ganz dummdreist bei die Hand und will mit mich unter die andere Paare durchkraufen. Aber ich schubbs ihm fort und sag: „Es tut mir leid, Herr Blubbereit“, sag ich „aber ich bin nu besetzt! Sie können mir später e mal zum Polka holen“, und der Pieper lächelt so freundlich wie e Mörder. Na, der Emil schmiß ihm denn auch ein Blick aus seine Gludderaugen zu, wo nicht von Pappe war. Die beide hätten es all immer mit die Eifersucht; achott! Emmche, die Männer!!! Beim Kreizpolka kam der Emil denn auch richtig wieder an und denn sagte er: „Freilein Trudche“, sagte er, „warum haben Sie nich Vergißmeinnichtchens angestochen, wo ich mir doch so gefreit drüber hätte?“ „Ich hab noch von vorigtes Mal was von Sie“, sagte ich, – „aufm großen Zeh“, sagte ich. – Er hätte mich nämlich, podollsch wie er war, aufm Fuß getrampelt. „Und dricken Se mir nich so“, sag ich, „wenn ich mit Sie Kreizpolka getanzt hab, denn hab ich immer Kreizschmerzen.“ –

Nachm Essen wollt ich mir mit meine Freindin Malchen e bische vertreten und wir wankten denn so zwischen Wind und Bogen aufm Gang rum. Da kömmt so e dammliger Kerl dicht an uns vorbei und kickt und denn kommt er nochmal und noch ein mal. De Malche quiddert all und kneift mich so im Arm, das ich man so truller. „Erbarmung!“ hischpelt se, „hat der Mensch e Nas! Da könnt man drei Schilderhäuser draus machen und bleibt noch für e Trompetche iebrig. Nu verbeigt sich der Kerl. „Gutenabend“, sag ich und treck die kalbrige Malche weiter. „Na nu!“ sagt er ganz empeert, „Se wollen wohl nich mit mich tanzen? Es paßt Sie wohl nich, Freilein, weil ich aus Krätschken bin? Aber ich hab fünf Hufen.“

„Ach so, Se wollen mit mir tanzen“, sag ich ganz bedattert, „ich dachd, Se wollten mir blos grießen!“ – „Grießen?“ sagt er, „wie komm ich dazu? ich kenn Ihn'n ja gar nich!“ Nanu schwenkten wir denn los, aber ich konnte nich lang; nach zwei mal rum ging mir die

Puhst aus, auch hätte ich immer Angst, wir haken mit die Nasen zusammen. Meine is ja auch von anständigen Kallieber; ich mißd ihm also danken. „Nanu“, sagt er, „vermieden Se all ? E Mädchen von Ihre Knochen un Kernspeck ! ! ?“ – „Nei“, sagt ich, „ich hab neie Schuh“, sagt ich, „mit zu dicke Sohlen.“ – „Ach, von wegen das“, meint er, „denn tanzen Se man ruhig weiter mit mich“, meint er, „wenn das nich ieberhaupt gesohlt is, denn werden de Sohlen all bald durch sein“, sagt er; – na, nu ließ ich dem ausverschämten Labommel natierlich stehn, un ging zur Muttche, wo sich all Stritzel un Kaffee hätt geben lassen un sich rumkabbelt mit die Frau Adomeit wegen die Betteinschüttungen. –

„Na, veramisierst Dir ?“ fragt de Muttche. „Mergell, Du siehst all wieder ganz veraast und zerknutscht aus. Mach Dir man rasch zerrecht; eben war der Pieper hier; läßt gleich Damenwahl austrompeten.“ – Nu mißd ich doch gleich wieder zurück, dem Emil angaschieren. „Aber, man einmal rum“, sag ich, „Herr Blubbereit, bitte, der Kappaun, wo ich gegessen hab, wird obsternat in mir !“ Das hätten e paar andere Mergellens gehört und fingen an zu quaddern, bis ich fuchste.

„Lassen Se man, Freilein Trudche“, sagt der Emil, „die Kossen sticht der Bandwurm. ‘Ich wer Ihn’n jetzt e Selter holen‘, sagt er, „aber ’ne saftige, denn geht es ieber.“ Es is doch e netter Mensch, na nich, Emmche ? Wenn die Klauenseich ganz vorbei is bei uns, denn will er um meine Hand anhalten.

Nu weiß ich warraftig nich viel mehr zu erzählen, liebes, trautstes Emmche. Wir schärbelten noch wie verrückt und beim Rausschmeißer flog mir richtig e dicker Proppen aus die Kurrhahnfriehsur. Der Kerl aus Krätschken, das Nashorn mit die fimf Hufen, hob ihm auf und frug: „Haben Sie nich was verlohren, Freilein ?“ – „Aber Mensch“, sagt der Emil, „mach Dir doch blos nich niedlich; steck ihm in’s Maul, es is von Dein Priemche“, womit ich liebes Emmche mit herzlichen Grießen schließend

verbleibe Deine geliebte Trudchen Kautschkat.

P. S. Haben eire Keichel noch dem Pips ?

Klempnermeister Kadereit

sendet einen offenen Brief an den Herausgeber des Rauschener Festalmanachs Herrn Stadtrat und Apotheker H... K...

Herr Stadtrat! Herr Doktorapotheker!

Sie hätten mir gebeten, daß ich aus meine wohlverdiente Ruhe heraustrete und mir schurnalistisch betun soll, indem Sie mir und das was aus meinem Kopp herauskleckert im Druck geben, so antwort ich Ihnen geneigtenst: Was wollen Sie eigentlich von mir? Glauben Sie, ich bin e alte Schachtel Streichhölzchens, wo sich jeder an mir reiben kann, wenn er Feier braucht? Ich werd Ihnen schon Druck und auch Feier geben! Hat sich nich schon der Robbert Johannes mit seine Zazzkes an mir wund gerieben? Daß der genannte Rehzetator (wo der Krät blos die fremde Wörter vorfind) jetzt sogar e Schnaps aus mir posementiert, wo ich mit „Kalmus" und „Gewehrüber" und andern Schemikalien zusammengewürzt bin und ich noch Trinkstatuten gemacht haben soll, wo ein Pirregraf immer dammliger is als der andere und wo daßelbe Material durchschimmert, in das ich als Klempner arbeiten tu? – Lassen Sie mir in Fried! ich bin ein Wurm, wo er, wenn er und er wird getreten, sich krümmen tut; oder ich beiß auch! Gniddern Sie nich; das werden Sie am besten wißen, denn Sie leben von dem Sibbersaat und dem Wurmkuchen, womit Sie ihnen zu Leib gehen. – Kaum hab ich mir aus dem Lorbör herausgewunden und riech noch immer nach Kalmus, da fangen Sie an sich um mir zu kümmern! Haben Sie sich um mir gekümmert, als Sie in Rauschen Ihren Bau bauten? Haben sich andere Großkohtzen und Willenbesitzer, was Ihre Freunde sind, um mir gekümmert? Nei! Na, sehn Se! Und nu wollen Sie mir veröffentlichen, daß die andern sagen: Na so e dammliger Kerl, und Sie höchstens: Dank schön! Dafür dank ich! Vielleicht möchten Sie sich rewangschieren und mir Wurmkuchen schicken; die brauch ich nich, ich hab keine Würmer! Haben Sie in Ihr Geschäft nuscht zu tun? Oder aber,

Sie gehn inne Stadt raten (und Räthsel kriegen da doch genug aufzuknacken) nehmen Sie denn Ihr Werkzeig mit, wo Sie Brandsche Schweizerpillen drehen und die Neuunneunzigprozentschraub schmieren? Lassen Sie mir man zufrieden!

Wenn Sie in Ihre Stadtsratversammlung neue Steuern ausbrieten, denn sind sie wie e frommes Ferd: sie gehn nich durch! Ihnen möcht ich in Insterburg haben, da möcht ich Ihnen dem Steuerkopp mit meinem Löthkolben bearbeiten, daß Sie die medezinische Wehnus für e Aeppelkahn halten sollen und nu wollen Sie mir für dumm halten, damit ich Ihnen für nuscht schurrnalischtisch unter den Armen greifen soll, weil Sie selbst nich genug Löthwasser in Ihrem Kopp haben? – Wer mir für dumm hält, der is mit dem linken Stiefel rechts aus dem Bett geklettert, und nu wollen Sie, daß ich Rauschen andichte und dem Sahmland besinge? Ei weih! Rauschen kenn ich nich, weil ich da noch nich gearbeit hab – das is e Stich für Ihnen und baden kann ich mir inne Wann auch, da kenn ich noch ehr dem Sahmland, oder so heißt er nich; er heißt Sahnwald und wohnt auch nich in Rauschen, sondern in Insterburg und is Milchfahrer; und dem soll ich andichten, wo er sich mit seine Milch meist in einen wäßergen Zustand befindet und wo er von die wohllöbliche Polizei schon zweimal innen Rinnstein gegoßen is? Fangen Sie man an wie der Robbert Johannes mit mir; einmal hätt ich ihm schon beinah beim Staatsanwalt Rohde; leider lud er ihm noch nich zum Sitzen ein; diesmal werd ich ihm aber in seinem Lakör reintunken, daß ihm hören und sehen vergehen soll, daß ihm die Augen thränen und daß er noch nach ganz was anderes riechen soll, als bloß nach Kalmus! Sie auch! Ich hab mir in meinem ganzen kreuzgebornen Leben auf keinem Menschen sein Butterbrot gesetzt, von wegen die Flecken inne Bicksen, setzen Sie sich auch nich auf meinem Butterbrot und kwasseln mir nich an von wegen Dichtungen. Ich bin ein anständiger Mensch! Machen Sie man Ihr Mückenfett und das gegen die armen Würmer, beraten Sie die Stadt man gut, denn werden Sie nich auf so dammlige Gedanken kommen und für die Rauschner Dorsch- und Flunderweiber ein gedrucktes Buch herausklabastern. Da müßen sich ja die Flundern wundern! Aber haben Sie mal einen im Kopp ganz gesunden Apotheker gesehn? Ich nich! – Also laßen Sie mir zufrieden! – Indem daß ich mir Ihre fernere Wohlgewogenheit nich mehr gefallen zu laßen brauche, freue ich mir, wenn Sie verstanden haben.

Womit ich verbleibe

Ihr Kadereit.

Klempnermeister und Lakör!!

NB! Es wurde vor einigen Jahren von einer Danziger Firma ein Likör fabriziert, der den Namen „Kadereit" führte und in Ost- und Westpreußen gern und viel getrunken wurde. Der Verfasser.

Leichenrede

des Pfarrers Pogorzelcki

Dieser Herr war lange Rektor in Ortelsburg, erhielt durch den Landhofmeister von Gröben die Pfarrstelle von Kallinowen, Kreis Oletzko.

O weh dir, Ortelsburg Gemein!
Du hast verloren, Pfarrer Dein!
Maul zu, was hat gelehret Gott,
Geschlossen ist das Auge tott!
So blüht im Garten Rosenstock,
Springt zu, friß ab der Ziegenbock;
So fraß auch mitten in Lebbenslauf
Der Tott den sel'gen Pfarrer auf.
Nun liegt er da auf Gottes Acker;
Pfui, Tott – du Racker! –

Kreiz, Jammer und Helend sind die drei Windhund menschlichen Lebbens mit was wird Mensch gehätzet und gejaget wie Asen auf Bartolomäusjagd. Sobald uns Feuermörser mütterlichen Leibes an das Welt schmeißet, so lassen wir vor uns hergehen, Klagen und Angsttrillers. – Da laufen die Tränen von Dachrinnen unserer Augen wie

Buttermilch aus zerplatzte Butterfaß und wenn wir sich haben lange genug wie kleines Mauskätzchen gewärmt an Feuerherd dieser (H)erde, kommt zuletzt Koch Tott, schmeißt uns in Kessel des Grabbes wie polnische Krebse, da wir müssen so lange verkulieren, bis nichts mehr is von uns, wie And voll Dreck! –

Quid est vita humana? Was ist menschliche Lebben? Menschliche Lebben ist Wind im Bauch – drück zu – puhps –! Consumatum est! Quid est vita humana! Was ist menschliche Lebben? Menschliche Lebben ist Teerpaudel an Waggen; – schlicker, schlacker, schlicker und schlacker – Bums! liegt auf (H)erde. – Item quid est vita humana? Was ist also menschliche Lebben? Menschliche Lebben ist baufällig Strohdach! Kommt Wind – pardauz – fallt um! –

Lenken wir unsere Gedanken auf selig Verstorbenen, was wunder, wenn wir lassen halb Battaljohn Seufzer marschieren aus Corps du Garde unseres Herzens. War er gleichsam Wegweiser, auf Kreizweg des Lebens schmalen Weg weisend und sein purpurfarbenes Antlitz glänzte wie Pomuchelskopp im Mondschein. War er gleichsam Lusthaus von unsere Gemein, darin wir sich konnten nach Herzenslust verlustieren. – War er gleichsam Brotpfanne, darin das feine Mehl wahren Glaubens wurde gebacken. – – Er erhob seine Stimme, wie altes Garnisondrummel und seine Worte durchdrangen alle Ohren, wie schön gespieltes Brummtopf. – Nun lassen wir unseren selig Verstorbenen in seinem hölzernen Schlafrock, wie Aff im Windelhemde, bis heiliger Xaverius ihn reißen wird mit die Zangen des Verdienstes aus seiner dusteren Gewölbe! – – Amen! – Amen! –

Bericht der Urte Pallapies an ihre Freundin über die Hochzeit bei Blubbereits in Petreithelen

All de ganze vorigte Woch dacht ich dran, an Dir die Feder zu ergreifen, oder Duche, ich könnte es nicht, denn mir war doch so asig zu Mut, daß ich aus dem Ojahnen nich rauskam und weilerweis' dachd, ich müßd fohrz beschwiemen. Nanu geht es oder allwieder und nu, mein Schafche, werd ich Dir von die Hochzeit erzählen, wo bei Blubbereits in Petreithelen war. – Wir hätten an die drittehalb Meilen zu fahren und weil der Himmelche so beschworken war, das einer dachd, es müßd stracks lospladdern, borgd sich der Karl von Spirgießens dem zunen Wagen. – Dem alten Kuffert, wo immer bei uns aufe Lucht hintere Ookel stand, könnt ich nich nehmen, weil er all ganz verspakt war, un die krätsche Jungens auch das Schloß vermaddert hätten, worüber de Mutterche sich de Plautz vollärgerd un dichtig puchd, das ihr all rein de Gall überging. – Sie kramd nu fix de große Paudel und e kleine Lischke aus; die roch aber so, weil da alle Katzen aus die Nachbarschaft ihre Junge drin gekriegt haben, wo der Kardel immer verseifen müßd; un in denen müßd ich nu meine Sachen reinpremsen – versteh mir man recht – nich in die Katzen, nei, in die Lischke. – Um Seeger drei könnten wir nu losklabastern; der Kardel setzd seinem Siedwester auf un ich saß mit die Muttche ihre Kaseweik un mein rotes Kaluttche ganz brastig allein inne große Kutsch. – Der Weg war niederträchtig humplig un es stuckerd enderweis mordsmäßig, wenn der Wagen von dem einen Dimpel in dem andern reinschlackerd. Mit eins sank das Vorderrad in so e tiefe Kaul, das es e Rucks gab un der Kardel meist runtergekeiwelt war, wenn er sich nich gehalten hätt, oder er hielt sich noch. –

Uns Braunerche zwung nich un nu müßd ich dem Kardel helfen dem Wagen rausrabasteln, wobei ich mir dichtig bekläterd und ganz nasse Fieß kriegd, weil ich entzweine Schuh anhätt. – Es war all stockediester un wir waren noch bald verbiestert, wie wir Klock siebene bei Blubbereits ankamen; oder se freiden sich aller sehr. – Knapp, das wir unsere Kleider anne Knagg gehongen hätten, da war auch all Abenbrot un de Tantche ihr geräuchertes Bauchstück, de Zodderklops mit Schabbelbohnen und de schöne Schmantkeilchen schmeckden rein zum Huckenbleiben. Für den Kardel war das so e Schmellecksche, un er gield in einem während nach die Keilchenschissel un hätt ich ihm nich unversehens e Bugger gegeben, denn hädd der Krät sich rein ambarschtig gefressen, puhsten könnt er so nich mehr. – Ich saß neben der Marieche un lernd auch ihren Breitgam Jons Schwarplies kennen, was bei der Hulaner gedient hätt un nu sein Väterliches hat. Er is e dicker Prömmel un ganz nett, man er gnöddert gern e bische un mir scheint, wenn er man nich die Marieche sehr kujenieren wird. –

Um zehn Uhr gingen wir schlafen, oder es dauert noch e paar Stunden, bis ich einschlief, weil ich mit die Marieche noch so viel zu schabbern hätt, das uns der Mund ganz fusslich wurd. – Danach schuschden wir aber wie gewiegt un ich verschrak mir, wie ich aufwachd un die helle Sonnche all in die Stub gleischd. – Aufm Hoff ging die alte Jette all in Klumpen mit die Peed anne Plump nache Dracht Wasser un der Knecht goß de Drangtonn in dem Trog für de Schweinchens. – Ich spuhd mir all, was ich könnt un hörd, wie de Tantche zu de Mergell sagd, se muß dem Kaffee verschwaddert haben, se hätt doch e Lotche Bohnen mehr gegeben un er schmeckd doch nach reine Plurksch. – Er schmeckd auch nich sehr, oder der Glumsfladen war desto schöner. – Vormittags gab es noch viel zu wurrachen, oder wenn auch manches verquer ging; bis die Gäst kamen, war alles inne Reih. –

Der erste war e Hobegist von die Schaschker, wo ganz kiewig aussah, man er hätt e bische dicke Flunsch vons Blasen. Dann kamen Ulpigkeits mit ihre Tochter, die waren ganz verklamt, obschonst sie sich dichtig bepummelt hätten. – Unter die Sticker vierzig Gäste, die nun schoßweise ankamen, waren von Deine Bekannte: Nomnekats, Horschtegalls, Piepereits un der dicke Ortsschulz Reepschläger. – Denk Dir, liebes Karlinche, der alte Kerdel mit die Scheiwelfieß und die rote Tuntel kriegd mir zu packen un fordert e Butsch; oder er kriegd gut bezahlt, denn wie ich mir losriß, gludschd er aus und schlug dal wie e Pogg un se lachden alle. Na, soll ich mir von soe alten Kribbensetzer butschen lassen?

Nu war auch all Zeit, daß wir uns Schicht für Schicht in unserem Hochzeitsstaat schmissen; ich hätt mein aufgetubbertes Blaugestreiftes an un e Straußche Vergißmeinnicht vor dem Busen; ich fuhr inne Kirch mit Ludscheweits Michel, was e richtiger Schlusohr is. – Der Marieche in weiß Kaschemier hätt ich dem Myrtenkranz angestochen un ich kann dich zuschwören, eine stätsche Braut könnt nich schöner sein; se strahld man so, und ihr Breitgam mit seinen blauen Schäckert un die weite Pludderbicksen, sah neben ihr so schlabbaksch aus, das dem Hund jammert. – Der Herr Farr, was ein sehr netter Mann war, machte eine sehr schöne Red, das uns die Tränen piperlinks über de Backen drippelten un er kam auch mit zum Gastgebott. – Trautstes Karlinche, hätten die aber aufgetischt! Na, ich sag blos! Schweinsbraten mit röösche Schwart, Gänse un Enten un Keichels; denn e Kalbsbraten, der war man e bische plaastrich; dazu gestoofte Kristor- un Himbeeren un noch so viel allerlei Sießes. – Meinem Michel war von all das Sieße schon ganz fummelig geworden un er sagd: Herrjeh, sagd er, wenn ich doch blos so e Kummche mit saure Kumst oder so e Kuffche mit Beetenbartsch kriegen konnt – oder das gab man nich. –

Wie der Onkel sich all recht beziehsd hätt un von die andere Mannsleit auch all welche ganz hübsch im Stiehm waren, da wollt de Tantche, was neben dem Herr Farr saß – „Seine Mahlzeit“ un fohrz „gute Nacht“ sagen, aber das ließen de junge Leit nich zu; es wurd abgereimt un de Dielen abgefegt un nu legden wir los mits Schurgeln, das de Koddern man blos so flogen un wenn es auch e Krietz eng war, so war es doch sehr scheen, wenn einer auch beiher e Sternicksel kriegd un ich hätt ganz durchne Fieß, wie es gegen Morgent aufhörd. – Aber nu, mein trautstes Karlinche, muß ich auch mits Schreiben aufhören, denn mir glutcht all rein die Feder aus die Hand vor Miedigkeit, ich habe heit dem ganz Kuhstall ausgemist un ich verbleibe darum ein baldiges langes Brief von Dir erbitten

Deine herzgeliebte Freindin
Urte Pallapies.

Posskripptum: Blumen welken, Kühe melken, oder unsre Freinschaft – nei!

Noch einem: Keine Blume riecht so scheen, als wenn wir beide zusammen stehn.

Dieses wünscht Dir Deine teire Freindin

Urte Pallapies.

Morgen kalbt unsre Rotbunte!

Ostpreußische Dialekt- und Charakterstudie:

Rede des Klempnermeister Herrn Karl Kadereit

als Präses des Handwerkervereins in Insterburg

„Meine Herren und Damen! – Nei, ich hab' mir versprochen, denn wo Damens anwesend sind, muß Einer auch die Damens voraussetzen – also ich verbesser mir, wie es sich für einen gebildeten Menschen in die geziemende Kenntnis setzen tut, indem ich dem Beginn des Anfang von meiner Rede eröffne mit: „Meine Damen und Herren!"–

Wir feiern heut das erste Stiftungsfest in unsern Handwerkerverein, und ich freue mir über diesen zahlreichen Besuch, der uns auch fernerhin ein Sporen sein wird, auf diesem betretenen Wege weiter fortzutrampeln. Wir werden alles aufbieten, Ihnen die Abenden in unserem Handwerkerverein zu angenehme Abenden zu machen.

Wir gehörten zum größten Teil früher dem Gewerbeverein an, aber wir haben uns übereinander geworfen. Sie nörgelten und nörgelten an uns herum; an mir, am Malermeister Sinnhuber und am Tischlermeister Gräulich. – Sie sagten, wir hätten die Nas' zu tief in der Bibliothek gestochen – ja wohl, wir haben ihr auch reingestochen, aber warum haben wir ihr reingestochen? weil wir sich bilden wollten! Denn ohne Bildung ist der Mensch dammlig! Und wie sie uns rausgenörgelt hatten, und wir vor die Tür lagen, da befiehlten wir sich uns gegenseitig, ob wir noch ganz waren, aber „Gott sei Dank!“ – wir waren noch nicht entzwei! und da draußen vor die Tür gründeten wir drei dem Handwerkerverein!

Es war sehr schwierig mit die Präsidentschaft! Uns drei, wo wir schon draußen lagen, schmissen sie zu die engere Wahl in die Turine hinein. – Mir zogen sie raus als Präses, und die andern liegen noch drin; aber sie sagten: wir freuen uns, daß sie Dir als Präses ans Tageslicht gezogen haben, weil Du als Präsedent doch besser mit die Sprache fort kannst, als wir. Und ich freue mich, Ihnen als Präses unseres Handwerkervereins nochmals willkommen zu heißen, mit dem Versprechen, daß wir alles aufbieten werden, Ihnen die Abenden in unserem Handwerkerverein zu angenehme Abenden zu machen! Dieses sagt ich schon einmal, aber das schadt nuscht! Denn wo es nicht aus dem Herzen raus kommt, na, seh'n Se! kann es nicht im Herzen rein geh'n! Na, seh'n Se!

Wir haben sich auch Stetuten angeschafft, und ich möchte Ihnen gern mit einige Pirregrafen bekannt machen. Na seh'n Se! – Es war sehr schwierig, diese Stetuten im Leben zu rufen! Der Tischlermeister Gräulich könnte es nicht, denn er müßte einen Sarg machen, der Malermeister Sinnhuber könnte es auch nicht, denn er müßte grade streichen gehn, und da gaben sie es mir in die Verarbeitung – oder ich könnte es auch nich, na, seh'n Se! – aber ich habe einen verwandten Jung, er ist der älteste Sohn von meine älteste Schwester, ein kluger Jung – na, seh'n Se! – wenn der Jung noch zwei Jahr in der Schule gegangen wär, denn wär er bis auf die Quinta gekommen, aber sie nahmen ihm raus aus die Schule und stellten ihm bei die Gardegrenadiere in Potsdam als Fliegelmann ein. – Na, sehen Se! – Der hat uns die Stetuten ausgearbeitet, und ich möchte Ihnen mit einige Pirregrafen unter den Armen greifen: Na, seh'n Se! Pirregraf 1. Es kann jedes Mitglied machen, was es will! – Pirregraf 2. Ein jedes Mitglied ist jedoch an die gegebene Bestimmung nicht gebunden. – Pirregraf 3. Um Mißverständnisse vorzubeugen, wird Pirregraf 1 und 2 wieder aufgehoben. – Pirregraf 4. Wer Mitglied werden will, muß mindestens schon ein Jahr dabei sind. – Pirregraf 5. Orndliche Mitglieder sitzen in die Reihenfolge, und zwar so, daß ein Mitglied neben das andere sitzt. – Pirregraf 6. Unser Handwerkerverein feiert jährlich mindestens vier Stiftungsfesten, aber wöchentlich nicht mehr wie zwei! – Na, seh'n Se!

Und so haben wir eins von diese Stiftungsfesten in die Aggressiwetät genommen, und ich freue mir, konstruieren zu können, daß dieser heutige zahlreiche Besuch uns auch ferner ein Sporen sein wird – – da war ich schon einmal. – Na, seh'n Se!

Wir kommen auf dem zweiten Teile unseres Festes, und zwar auf dem wissenschaftlichen. – Wir haben uns nämlich auch einen Fragekasten angelegt und im Laufe von die Zeit haben sich dort zwei Fragen eingefunden, wie ich mir beaugenscheinigt habe. Wenn Sie nun, was die Frauens sind, diese Fragen beantworten, denn nachher kommen die Margellens, denn werden die Stühle rausgenommen, es wird gesprengt und hernachhert wird getanzt. So haben sie es im Gewerbeverein eingeführt: so wollen wir es auch bei unsern Handwerkerverein auch eingeführt zu haben, zu wissen zu glauben befolgt zu haben gewollt haben zu sein! – Na, seh'n Se! – ich freu' mir, wenn Sie mir verstanden haben.

Die erste Frage, was den Hausfrauen betrifft, lautet: „Wie wird eine delikate Grütz gekocht!" – Meine Damen, das ist etwas für Ihnen! Meine Damen! wo Sie schon reingetreten sind – in der Ehe – ich meine also, was die Frauen sind – na, seh'n Se! – ich meine die Hausfrauen, wo schon mit einem Manne behaftet sind – die werden wissen, daß die Liebe des Gatten zu die Frau mit der Zeit schwindet! – Na, seh'n Se! – Wodurch aber kann sich eine kluge Hausfrau die Liebe von ihrem Gatten erhalten? – Durch dem Kochtopf!! – Denn die Liebe von dem Gatten zu die Frau geht mit der Zeit durch dem Kastroll! – Also lernen Sie kochen! rufe ich der jüngeren Genealogie zu! Lernen Sie kochen! – Sitzen Sie nicht in die Ecke und lesen Sie Romänier! – Sitzen Sie nicht stundenlang vor dem Spiegel und brennen Sie sich die Ponnylocken! Lassen Sie sich nicht von die Marjell dem Korsett zusammenschnüren, daß die Blanschetter in die Nachbarschaft rumfliegen! sondern lernen Sie kochen! Dann werden Sie ihrem zukünftigen Mann nicht allein eine kluge Hausfrau s e i n , sondern auch s i n d ! – Na, seh'n Se! – Und wenn denn der Mann von die geschäftlichen Stürmen des Lebens sich auf die staubige Landstraße im Schasseegraben rumwälzt und er kommt mit die sorgendurchfurchene Stirn zu Hause, und Sie treten ihm mit eine gute und heiße Grütz in die Augen – so werden Sie ihm die Stirn glätten – also lernen Sie kochen! Na, seh'n Se! – Und da sich niemand zum Worte meldet, erlaube ich mir, Ihnen das auseinander zu posementieren! – –

Eine delekate Grütz kocht einer gewöhnlich in ein irdisches Geschirr, denn wenn einer ein kupfernes nimmt, denn setzt sich Grienspohn an und die Grütz taugt nichts! – Na, seh'n Se! – Was meine Frau ist, das ist die geborene Kaludrikeiten aus Groß-Berschkallen, Kreis Schunkern, per Georgenburg über Insterburg – die kocht eine sehr delekate Grütz an jedem Mittwoch und Sonnabend und ich freue mir alle Tage auf diesen beiden Tagen, denn an diese beide Tage geh' ich gewöhnlich aus und eß Fleck! – Na, seh'n Se! – Ich glaube, Ihnen mit dieser Erklärung sehr nahe getreten zu sein, und hoffentlich werden Sie jetzt wissen, wie eine delekate Grütze im Leben gerufen wird! – – –

Wir kommen auf der zweiten und letzten Frage, was auch den Hausfrauen interessieren tun dürfte: – „W i e k a n n e i n e r d a s P l a t z e n v o n d i e K l a m m e r n a u f d i e n a s s e L e i n' v e r h i e t e n ? !" – Meine Damen, das ist auch was für Ihnen! Meine Damen, wenn Sie sich ein Schock Klammern angeschafft haben für vier Dittchen – und Sie dingen denn noch e halb Dittchen ab – und Sie haben die zweite Wäsch', und es sind man von die sechzig bloß noch sechsunddreißig da – denn sagen Sie immer: die Mergell hat Schuld! – Na, seh'n Se! – Nein, die Mergell hat n i c h t Schuld, das sind die ewigen Naturgesetzen! – Schieben Sie nicht Alles auf der Mergell, sondern lernen Sie Schemie! bewegen Se sich inne Schemikalien, denn werden Sie wissen: wie, wo und warum? – Na, seh'n Se! – Gewöhnlich hat einer immer die Klammern auf der Lucht, wo sie natürgemäß von die Sonnenstrahlen der Sonne früher getroffen werden, als im Keller! Legen Sie die Klammern nicht auf der Lucht, sondern legen Sie sie im Keller, wo sie von die natürliche Feuchtigkeit angesogen werden! Wenn nu die durch die natürliche Feuchtigkeit angesogne Klammern auf die nasse Lein geklemmt, platzen tun, denn möchte ich Ihnen bitten: – hängen Sie die Wäsch' nich inne Sonn zum Trocknen, sondern hängen Sie sie im Schatten, denn werden auch die Klammern ganz bleiben, wenn auch die Wäsch' nich trocken wird! – Na, seh'n Se! – Und nun schließe ich die heutige Sitzung mit meinem nochmaligen Danke an den geehrten Festgenossen mit dem nochmaligen Versprechen, Ihnen die Abenden zu angenehme Abenden zu machen. Kommen Sie man zu uns, Sie werden uns gerne verlassen! – Ich schließe mit die Worten, wo die junge Studenten zum Ausdruck bringen: „Unser Korrps!" Also rufe ich auch: Unser Handwerkerkorrps:

Wiewant, Quetschkand! Florian! –

Na, seh'n Se! – „Gutenabend!"

Eine ostpreußische Dialekt- und Charakterstudie:

Tante Malchen vor Gericht

Zur Darstellung gehört das unmoderne Kostüm einer älteren Dame.

Man vermeide hierin, sowie im Vortrag jede Übertreibung.

Wenn ich aus meinem kreizgeborenen Leben erzählen soll und an alles zurückdenk, was mir so passieren tät, denn wird mir ganz schwummerig und ich muß mir erst zerkuwern, um denn zu berichten, daß ich mal einen Menschen verklagen mißte, wo mir einmal sehr nahe gestanden hat, so nah, daß er mir beinah geheirat hätte, denn wir waren schon einig, oder er wollte mir nich. Also daß ich es sag: ihm mißt' ich verklagen; wo ich nie mit's Gericht was zu tun gehabt hab, wo ich jeden Schutzmensch für einen Pollezeipresedent ästemiehren tu – das hätt ich mir inne Wieg nicht träumen lassen. –

Ich hätte ihm kennen gelernt, als ich schon über das gefährliche Alter weggeklettert war und schon recht überwendlich geworden war und schon dachte: Dir nimmt doch keiner nich, ranschier dir aus und gib dir als altes Mondierungsstück vonne fimfte Garnethur aufe Kammer. – Da kam er ! Es war im Kientopp, von wo schon manches Unheil inne Welt gekommen is durch Brand oder so. – Er brannt auch – auf mir ! – Er sagte, ich hätt ihm schon lang inne Nas gestochen und er war Mongthör inne Eisengießerei, sagt er, und hätt ein gutes Einkommen, sagt er, und könnt Frau und Kinder ernähren, sagt er. „Erbarmen Se sich", sage ich, „fangen Se man nich schon mit die Kinder an, wo de Verlobung noch aufm Aussichtsturm rumschlenkert!" „Nanu !" sagte er und denn trafen wir sich öfterst, und denn verlobten wir sich und er war ja so weit ganz scharmang und ich blühte rein wie eine Bijon und ging auseinander wie zunehmendes Licht. – Na, nu kömmt es ! – Eines Abends, ich sitz so am Fenster und grabbel mir am Verlobungsring und streichel ihm und sag: „Du Ring an meinem Finger, tombackenes Ringelein !" – und denk, wie lang noch, denn drickst du dir die Mirthe im Haare und lauer auf ihm. – Heite war mir so hochzeitstagansetzerich zu Mut und der dammlige Kerdel kömmt und kömmt nich. – Die Schummerstund hätte sich schon vom Himmelche niedergelassen, ich stach mir de Lamp an, da platzd mir der Zilinder; ein Petentzilinder für fünfundzwanzig Pfennig mitte eingeschliffene Krone. – Da kömmt was die Trepp raufgetorkelt, da reißt was die Tür auf und rein kömmt mein Heinrich – kanonenknippeldick betrunken ! Heerense, mir war doch vor Schrecken so, als kullerten mir alle inwendigen Kaldaunen vor meine zitternde Fieß. – Mein Herz pumpte mir nuscht mehr; mein Blut stockd wegen die Feichtigkeit, wo mir aus die Augen drippelt und – na, ieberhaupt. „Heinerich“, sag ich in Würde und Abschlägigkeit, in dem ich dachd, er möcht zärtlich tun – „Heinerich“, sag ich, „in diesem Zustand kömmst Du zu mir, Deine Braut, wo sich auf dem Verlobungsweg befindet?“ „Ach was“, sagt er, „schabber nich so dammlig“, sagt er, „kannst mir nich e Dhaler pumpen?“ – Was in mein Inneres vorging – zu beschreiben is es nich. – All die Kaldaunen, wo Feierabend gemacht hätten, legten sich ruhig hin, wo sie hingehörten und ich sagte mit eisige Ruhe: „Ja!“ – sagte ich. – „Hier hast ihm!“ sagte ich, „wenn krie ich ihm wieder, denn ich brauch ihm“, sagte ich. – „Aufe nächste Woch'“, sagte er – ging und vergaß de Mitz. – Ich schmiß se ihm nach und rief: „Schäm Dir, Heinerich, aber gib mich dem Dhaler wieder!“ Er keiwelte die Treppen runter – und kam nich mehr; ich wart eine Woch, ich wart die zweite Woch – er kam nich! Heernse, nu verklag ich dem Kerdel. Nich von wegen den Dhaler, nei, blos von wegen die Niederträchtigkeit, daß er ihm mir nich wiedergibt. –

Na, eines Tags hätt ich Tormin aufm Gericht wegen diesem Kerdel; ich zog mir nu nett an wie zum Sonntagsnachmittagsausgehtag und auch meine neue Lastengschuhchens mit Locklederriesters hätt ich angezogen. Von Baltruschats inne Knochengaß hätt ich ihnen gekauft für vier oder fünftehalb Mark, ich will nich lügen. Oder vorher hätt es so gepladdert, de Gummischuh hätt ich in mein Waschtischche unten stehen lassen; echte russsche Gummischuh, echte russsche! Wenn Se sich echte russsche kaufen, denn kaufen Se man mitem Stempel von innen; wenn Se mit dem Stempel von außen kaufen, denn scheiert er sich ab und denn sind se nich echt! – Da tret ich doch inne Dimpel ans Gericht und krie doch nu naße Fieß bis anne Kniescheiben. Wie ich rein kam inne Gerichtsstub war doch so heiß – se heizen ja da schon immer wie verfault – schon im Juli fangen se an und ich fing anne nasse Strimpf zu dampfen; so daß mir der Herr Presedent frägt: „Freilein, brennen Sie wo?“ „Nei“, sag ich, „Herr Presedent, ich dampf man, innerlich vor Boß, wegen dem Kerdel, was hier sitzt, äußerlich von wegen meine nasse Leibständer, weil Sie so stark eingekachelt haben !" „Ach so", sagt er, „ja", sagt ich. – Ich seh dem Heinerich an und seh, daß er sich seine rechte Hand bepummelt hätt. Achott, denk ich, wo hat der angefaßt, denk ich, was schad't ihm, denk ich. Da ruft ihm der Presedent auf und fragt dies und das und so und fragt: „Haben Sie von das Freilein dem Dhaler geliehen, oder in betriegerische Absichtlichkeit ?" „Nei !" sagt er, „ich kann mir nich besinnen"; „ich frage nu zum zweiten, dritten und letzten Male" (rein wie aufe Auksjon – fragt der Presedent). „Nei !", sagt er wieder. Da geh ich an ihm ran und sag: „Heinrich", sag ich, „besinn Dir", sag ich, „weißt nich mehr dem Tag, wo Du mit ohne Mitz bei mir warst ?" – und geb ihm so e kleinen Dulks inne Rippengegend. – Da schreit er: „Herr Presedent", schreit er, „befreien Sie mir von die alte Schachtel, se kitzelt mir !" – Heernse ! – – Der Presedent sagt ernst zu mir: „Freilein, begeben Se sich inne Schranken !" Und ich begab mir, indem ich mir vor Schreck aufe Anklagebank setzte. „Nei", sagt der Presedent, „da noch nich, das kann vleicht später kommen !" – „Wenn Sie", sagte der Presedent zu ihm mitte ernste Angelegenheit, dem Dhaler nich geliehen, oder nich erhalten haben, denn schwören Sie sich ihm ab ! ! ! – Heernse ! – Und was sagt der niederträchtige Kerdel ? „Herr Presedent", sagt er, „ich kann nich schwören, ich hab mir gestern die Schwurfingern inne Eisengießerei gequetscht !" – Die Schöpsen – die Schöffen lachen, der Presedent lacht und alle lachen und se verlachten sich meinem Dhaler, so daß er freigesprochen wurd und da stand ich und könnt nu gehen und blieb sitzen ohne Mann ! – Na, ja, ich sag ja: Die Männer ! ich kenn se nu von oben bis unten, von vorne und von hinten, von inwendig und von auswendig ! Mir betrügt keiner mehr ! – ich bleibe ledig ! –

T a n t e M a l c h e n i m L u f t b a l l o n

Eine Originalstudie im ostpreußischen Dialekt

Zur Darstellung gehört das unmoderne Kostüm einer älteren Dame
Man vermeide hier, sowie im Vortrag jede Übertreibung

Hinter der Szene: Na, nu is richtig ! Sie wollen mir hier gar nich rein laßen, wo doch mein Herz so voll is, wie ein voller Dreischeffelsack ! Na, so is richtig ! ich geh doch, un wenn Se noch so obschternatsch sind und sich aufe Hinterbeine aufflanzen. Na, so is richtig ! (Tritt bei den letzten Worten auf die Szene.) Huchche ! Hab ich mir schon wieder abgeäschert ! ich muss mir e bische hinsetzen, damit ich innerlich zu Ruh komm ! Jedes Mal, wenn ich, und ich will hier e Besuch machen, is so ein Unnosel da, so junger Lulatsch, der mir nich rein lassen will. Huchche ! Und ich hab' doch so viel auf'm Herzen, was runter muß, wie der Regen vonne Dachrinn. Heeren Se, da ich von die Dachrinn red' – kennen Se Wartenstein ? Ja, denn kennen Se auch dem Wurschtpropper Schinnagel. Doch eh' ich Ihnen das erzähl, muß ich zurückgreifen auf meine jüngere Jahren, als ich noch Braut war – ja, ich w a r Braut und betracht' mir auch heute noch als eine solche, welche es is. Achchott ! Warum sollt ich nich auch einmal in den seligen Brautstand reingetreten sind; ich hätte ja Alles dazu; ich war noch jung, wenn auch schon e bische überwendlich; ich war anständig; ich war fleißig, bloß kein Geld hätte ich nich. – Er auch nich ! ich lernte ihm kennen; da war er Schreiber aufs Magistrat und da wollt er sich in kommenale Angelegenheiten ausbilden, damit daß er einmal eine feste Stellung als Sickeltär oder Burgemeister inne kleine Stadt bekömmt und er mir denn heiraten wollte. –

Wir hätten uns sehr lieb, stets in allen Ehren. Er hätte mich den Ring geschenkt; wenn er auch nich echt war, schadete nuscht; er setzte Grienspohn an, aber der liebe Gott sieht nich aufm Grienspohn, er sieht aufes Herz, wenn es rein bleibt. – Auch ein Myrtentopfche hätt er mich geschenkt – für vier Dittchen – und auf das Topfche hätte er mit Kreid raufgeschrieben: „Wie diese Myrte grient und blieht, so blieht auch meine Liebe !" – Ja, luuer man drop! – Ach, diese Männer! Es ist eine anfangs schöntuende Rasselbande! Zuerst möchten se sich zerrebbeln – aber denn! Jetzt kann mir einer mit Kreid raufschreiben wo und was er will – heute glaube ich keinem nich mehr! – Die Kerdels! Die Bande! Huchche! Wie ich so einen Abend in die Dämmerung sitz und auf ihm lauer, kommt er; so still, so sanft, so wie geschlichen. „Stech Licht an", sagt er; ich mach' de Lamp an; da steht er. „Heinrich", sag' ich, „was schadt Dir?" sag' ich. – „Ach, Malchen", sagte er, „ich gehe einen schlechten Weg." „Quatsch Dir aus, Heinrich", sag ich, „was auf Deine Seel is, muß runter; mein Herz is der Grapen, wo Du alles Saure reingießen kannst. Gib mir Saures! Wenn es nich anders sein kann, muß es sind!" „Malchen", sagte er, „Du weißt, ich habe mir zu die Sickeltärstelle in Wartenstein gemeldet und unter 28 Melder haben sie mich gewählt." „Erbarm Dir", schrie ich, „und das macht Dir timide, wo ich doch nu endlich Deine Frau Sickeltären werd." „Das is es eben", quiemte er, „ich gehör' nu da zur Hotwolleh und muß an eine andere Partie denken, denn Du hast nichts und ich muß mich reich einheiraten!" Heeren Se! mir krampfte sich innerlich alles zusammen; inne Brust machte sich was los; erst fiel es mir auf'n Bauch, denn aufe Fieß – es war mein zerbrochenes Herz! – ich zog den Grienspohnring vom Finger – gab ihm ihm und sagte nichts als „Heinrich, du bist frei!" Er ging! Es hat lang gedauert, bis ich mir begab; ich habe geschworen: nie mehr soll mir ein Mann betören – ich bleibe ledig. – Es kam auch keiner. – Aber Freundschaft halt ich noch mit ihm; ich fahr zu seinen Geburtstag stets nach Wartenstein und auch, weil ich seine Frau kennen lernen wollte. – Und ich habe ihr kennen gelernt. – Sie paßt nich für den guten Mann, denn sie ist ein geiziger Sadrach! – Se haben auch keine Kinder! Achchott! was hätt ich ihm für Kinder geschenkt! Wie Sand am Meer! – Vor Geitz heizt se nich und stellt mir immer e Kohlentoppche untere Röck, daß ich mir erwärme. Einmal fijohlte se mit ihre Stubbsnas', wie e Karnienche, wenn es Kumst frißt und meint: Hier riecht so sengrich! – Mir roch es all lang so! Da wurd mir mit eins so heiß unter die

Kleider – ich war mit dem Unterrock auf die Kohlen gekommen und nu schrie ich: Feier! – Er hob mir von hinten die Kleider inne Höh' und beschwaugschd mir mit e Karaff voll Wasser und sie beschwaugschd mir von vorne mit de volle Waschschüssel, so daß es von mir runterlief wie auße Dachrinn. Endlich hätten se mir gelöscht – aber im Unterrock hätt ich ein großes eingebranntes Loch. – Na, denken Se, daß se mir e neien Unterrock wird schenken, iwo! ich könnt mir dem verdienen, meint se, wenn ich mit dem Wurschtpropper Schinnagel, wo sich einem Luftballon konstrowiert hat, morgen inne Luft schiff! – Ich hin! Er versprach mir fünf Mark, wenn ich in seinem Ballon, wo er sich aus Schweinsblasen zusammengenäht hätte, die Maschine treten wollt, wo er in einem großen Waschkorb angebracht hätt. Na, die Maschin hab ich genug getreten in meinem kreiz geborenen Leben, warum sollt ich ihm nich im Waschkorb treten können. Dem anderen Tag waren die Schweinsblasen aufgepuhßt, wir stiegen in dem Korb – ganz Wartenstein war auf die Beine und machten ihre Witze über mir und dem Wurschtpropper. „Lassen Sie man lachen", meinte der. „Sehn Se, ich habe mehrere Schinkens und Würschte mitgenommen, damit wir nich verhungern, wenn wir auf eine wieste Insel landen" – zu trinken hätt er auch schon genügend eingenommen – und als Ballast, damit wir hochsteigen, hätte er 20 Sandsäck mit. Auf einmal schreit er „Los!" Die Jungens lassen dem Bindfaden los und wir gehen richtig inne Luft. Mir wird ganz beschwiemt; ich tret die Maschin und die Propillersch von beide Seiten, die schnurren und surren, daß mir angst und bang wird. Meister Schinnagel, sag ich, halten Se an, sag ich, ich will aussteigen, sag ich. – Schabbern Se nich Annies, schreit er, treten Se, wir müssen höher, höher, sonst bleiben wir am Kirchturm hängen – ich tret, daß mir der Schwitz pieperlings längs dem Puckel runterpladdert; er schmeißt einen Sandsack nachn andern runter und die Wartensteiner, wo mit offenem Maul uns nachsehen, kriegten all dem Sand inne Augen und zwischen die Zähne; vierzehn Tag nachher haben se noch immer mit die Zähne geknirscht, weil se so viel Sand dazwischen hätten. – Da auf einmal gibt's e Knall – Pladauksch ! Der Ballon is zerplatzt und wir sausen runter ! – Achchottche ! Achchottche ! Wir fallen auf ein Dach beim Bäckermeister Cziborr ! Der Wurschtpropper bleibt mit die Hosenträger anne Dachrinn kleben und schreit um Hilfe. Die Feierwehr kömmt und spritzt ihm runter, wie e weggeflogenen Kanarienpiepmatz und ich saß mit die ganze Perifferie auf dem dampfenden Schornstein vom Bäcker, wo eben angefangen hatte zu heizen. Aus die Wolken fiel ich, inne Wolken saß ich und wie sie mir endlich aus die Höll befreiten, hätt ich ein ganz geräuchertes Bauchstück ! – Mir kriegt keiner mehr in so e windige Gondel rein ! Mir nich ! – Und das wollt ich man erzählen.

Was Tante Malchen erzählt

„Kaisers kommen!"

Eine ostpreußische Dialekt- und Charakterstudie

(Zur Darstellung gehört das unmoderne Kostüm einer älteren Dame. Man vermeide hierin, sowie im Vortrag jede Übertreibung.)

„Nei, nei, ich sag auch all ! Einer kömmt aus die Überraschungen all gar nich mehr raus ! Die erste war, daß der Herr Doktor, wo mir doch schon lang behandelt, sagt: „Tante Malche", sagt er, „es geht nich anderst", sagt er, „Sie müssen was für Ihrer Gesundheit tun", sagt er, „Sie müssen nach Cranz im Seebad", sagt er; „wenn Sie sich auch nich in der See reintrauen", sagt er, „so haben Sie doch Seeluft und Landluft", sagt er, „zur Geniegsamkeit", sagt er. – „Na ja", sagt ich, und mietete mich ein Stübchen, wo ich, wenn ich und ich wollt Seeluft haben, ich erst immer eine halbe Stunde zu gehn hätte, bis mir der Ozean umfächelte, dafür hätt ich oder Landluft völlig und aus erste Hand. – Deicht an mein Fensterche stand ein Schweinstallche mit vier Schweinchens und was die mich an Landluft lieferten, davon könnten zehn Familien die Nasen voll haben. – Einmal, da geh ich mir auslüften – meine Kleider hätten vom Schweinstall so angezogen – da treff ich doch die Nauruschatschen, wo auch in Cranz in die Sommerfrischung is – sie is Hebamm, oder sie hat sich noch nich verhoben – „Heeren Se !“, sagt se, „kommen Se mit nach Keenigsberg ? Kaisers kommen !“ – „Welche Kaisers ?“ sagt ich, „ich kenn man einem“, sagt ich, „und der is Balbier und wegen dem fahr ich nich auf die gefährliche Cranzer Eisenbahn“, sagt ich. – „Nei“, meint die Naurutschatsche, „die richtige Kaisers von Berlin, wo sein Großpapache doch am Schloß steht und mit dem Säbel die Jungens von seinem Ofen wegschichert.“ – „Die“, sagt ich, „ach mein Gottche, Nauruschaten, wenn kommen sie ?“ – „Heit kommen sie“, sagt sie, „mit dem nächste Zug fahr ich hin, kommen Se mit“, sagt sie. – „Ja“, sagt ich, „ich komm“, sagt ich; ich renn zu Haus, zog mir nett an, nahm mein kleines Pompedurche mit ein reines Schnupptuch drin mit, kaufd mir unterwegens noch ein halb Fundche schöne blaue Spillen – wenn einer fein sein will, sagt einer Flaumen, aber die Wirkung is dieselbe – un nu, ziehdraht nachem Bahnhof, wo ich auch man so ankam; ich war so aufgeregt, daß ich flatterte. In Keenigsberg aufm Bahnhof hätten sie Ehrenpoorten mit schöne Girlandes angebracht und wie ich das große transperierte Schild mit „Willkommen“ sah, knixd ich so lang, bis mir die Nauruschatschen fest hielt und sagt: „Verrenken Sie sich doch nich mit Gewalt das Kreiz, das is doch nich für Ihnen, das ist doch füre hohe Herrschaft.“ – „Schad nuscht“, sagt ich und ging. – Überall, wo am besten zu sehen war, stießen mir die Schutzleit weg und einer bearbeitete mir mit die rohe Faust dem Busen und schreit: „Können Sie nich lesen ?“ – „Ja“, sagt ich, „auch das kleine Einmaleins und e paar Kirchenlieder, auch dem kleinen Kategismus hab ich gelernt !“ – „Hier sollen Se man bloß lesen“, sagt er und kloppt mir wieder auf dem Busem – so nen angeschwollenen Busem hab ich mein Lebzeit nich gehabt. – Hier steht: „Gesperrt !“ – „Achchottche“, sagt ich, „nehmen Sie es nich verübel, ich hab es für die Firma Geschpert gehalten und dacht, des is ein Flastermeister vonne vordere Vorstadt." – Na, nu krie ich noch so ein Dulks vorn Busen und denn könnt ich ja nu weiter gehn. – Mit Müh und Not komm ich bis inne Französische Straß, ich hätt mir schon so abmaracht, daß ich kaum fortkonnte. – Hier sagt ich, hier bleibe und wenn se mir auch stumsen, bis ich entzwei geh. Meinen Kaiser muß ich sehen und auch die geehrte Frau Gemahlin mit dem ältste Sohn, wo ich noch gar nich kenn. Eine ganze Weil hätt ich schon gestanden, da meinte ein alter, netter Herr: „Heeren Sie, Geehrte, Sie stehen schon e geschlagene Stund auf meinen rechten Fuß und nu is er eingeschlafen, möchten Sie nich mal wechseln?" – „Ja", sagt ich, „recht gern, wenn ich Ihnen ein Gefallen tun kann, warum nich; langen Se man dem linken her", und nu trampelt ich ihm aufm linken rum, bis sie auf einmal schrien: „Nu kommen Se!" – Die Glocken litten, die Schutzleutnants sprengten, von weitems schrien se hurrah; ich grappschd in meine Aufregung inne Fupp und suckeld an ein Spillche und spuck dem Steinche weg, ich nehm dem zweiten und spuck auch das Steinche weg, da schreit einer: „Hier schmeißt einer mit Steiners"; – Sie kommen immer näher und wie ich dem dritte Steinche wegspucken will, hängt sich ein Schutzmann an meine Gurgel und brillt: – Schutzleit brillen immer, wenn se mal da sind – „Wir haben ihr – sie wollt auf Majestätens mit Steiners schmeißen!" – Ich hätte dem dritte Steinche noch intus, ich krie keine Luft, ich muß husten und da fliegt der Stein ihm in sein großes Maul und kömmt ihn inne unrechte Kehl und ich hau ihm nu ins Kreuz, daß er man möcht rauskommen – und er kam raus – oder ich kam rein – und grad, als Majestätens vorbei kamen, führte er mir anne Hand nach Junkerstraße Nr. 8 und meinte so gnietsch: „Nu kommen Se auch noch wegen Beamtenbestechung, Beleidigung und Mißhandlung ran. – Da saß ich! – Nichts hätt ich von die schöne Kaisertag und wenn ich nich noch die paar Spillchens inne Fupp gehabt hätt, hätten se mir als verhungerte Leiche durchen Geruch entdeckt, denn sie hätten mir in den Trubel vergessen. – Wie endlich nach 48 Stunden wieder einer reingebracht wurde, sehen se mir und einer fragt mir: „Was machen

Sie hier ?" – „Sehen Se doch nach", sagt ich, „denken Sie, ich geh hier Pilzkens suchen ?" – „So", meint der andere, „Sind Sie das nich, wo auf Majestätens mit Steiners schmeißen wollt, wo es doch schon in die Allgemeine auf eigenen Draht steht ?" – „Ja", sagt ich, „hier können Sie noch Steiner sehn, mit die ich schmeißen wollt !" – „Na, denn is ja alles gut", sagt der dritte, „zahlen Sie man 60 Pfennig Reinigungsgebühren, wie sich das gebührt, und dann gehen Sie in Gottsnam." – „Reinigungsgebühren ? Ich ?" sagt ich, „sollt ich mir vielleicht anonim unmanierlich aufgeführt haben ?" – Damit schmeißen sie mir raus, wie sie mir reingeschmissen hätten und ich ging und sucht Gerechtigkeit – gefunden hab ich ihr nicht, aber ausgelacht haben sie mir alle. – Na, an die Kaisertag werd ich zeit meines kreuzgeborenen Lebens denken ! – Na, ich sag bloß ! –

Die Fleck

Auf einem ostpreußischen Rittergut hat die Wirtin für vier Knechte zum Abendbrot Fleck gekocht. Zwei Knechte sind „augenblicklich" schon „momentan" und sitzen hungrig und erwartungsvoll vor der großen „Turin"[1]), die beiden andern sollen erst später heimkommen. Die beiden ersten können sich nicht mehr beherrschen und leeren die große Schüssel, die für v i e r Mann hergestellt, bis auf den Grund. – Pause. – Der eine streicht sich den Bauch, der so übervoll ist, und sagt: „Hupp !" „Mönsch", meint der andere: „Du warscht noch achzig Joahr !" „Worom ?" „Na, dat steiht schon önne Bibel: „Des Menschen Leben währt siebzig Jahr und wenn es h o c h kömmt, wird es achzig !" – „Dat ös ganz goot, dat ös ganz goot, dat ös ganz goot; aber wat war wi make, wat war wi make, wat war wi make ? Wi hebbe alles opgefräte, wi hebbe alles" – „Mönsch, Du seggst ja alles dreemal, wenn Du alles dreemal seggst, denn kam wie hiede gar nich mehr önne Bocht to't schlape ! Opgefräte ös alles, nu motte wie fer andere Fleck sorge. Gah

[1]) Terrine.

man runder önnem Peerdstall; hindere Fudderkist liggt so e ohle, verschrompelte leddere Jack von mi, dem kann öck nich mehr antrecke[1]); dä war wie fein terschniede un denn rönn damit önt kakende Water, wenn dä beide to Hus kame onn hungrig sönd, ware se schon fräte ! !" Gesagt, getan. – Als die beiden Knechte nun endlich kommen und sich vor diese „Turin" mit d e r Fleck setzen und auch alles bis auf den Grund ausgelöffelt haben, meint der eine: „Du, Frötz, dat weer doch e bätke hart !" „Ja, dat kann öck woll begriepe; dat wör von 'nem ohle Oss !" – „Ja, dat kann öck ook begriepe! O d d e r, w a r u m s e d e m o h l e O s s n o c h K n e e p[2]) a n g e n e g t h a d d e, d a t k a n n ö c k n i c h b e g r i e p e[3]) !"

A l b e r t c h e n s W u n s c h z e t t e l a m l i e b e n W e i h n a c h t s m a n n

Lieber Weihnachtsmann ! Mit Wünschen
Komm ich Dir auch dieses Jahr,
Weil ich weiß, daß merscht mein Prachern
Nich bei Dir vergebens war.

Bring mich eine Sittenmappe,
Oder bring se, bitte, leer,
Und auch einen Fohnegrafen,
Einen Helm und Schießgewehr !

Laß dem Kuchen nich geraten,
Wo zu Haus die Muttche bäckt,
Und wo mir zwar immer prächtig,
Aber nach zu wenig schmeckt.

Wenn er nämlich wird ganz klietschig,
Is die Eltern er zu schwer,
Und denn kriegen wir gewöhnlich
Mit das Mädchen desto mehr.

---

[1]) anziehen. [2]) Knöpfe. [3]) begreifen.

Marzepahn laß runter fallen
Von dem Teller Stücker zehn,
Daß sie mir zur Weihnachtsfreude
Gleich in lauter Kriemels gehn.

Solche Kriemels gibt die Muttche
Denn uns Kindern nebenbei,
Und Du mußt bloß dafür sorgen,
Daß es nicht zu wenig sei.

Sonsten wünsch ich mir man wenig,
Bin bescheiden, wie Du weißt;
Sag mir bloß noch, wie das Frauche,
Wo dem Fritz gebracht hat, heißt.

Kallweits Katz bring mit dem Zagel
So, geliebter Weihnachtsmann –
Zwischen unsre Hausentüre,
Daß ich ihm beklemmen kann.

Denn er hat mir oft geärgert,
Wenn ich tat ihm Schabernack,
Daß ich jetzt ihm rein zum Possen
Nur noch lieber zergen mag.

Neulich als ich ihm belapsde
Bei die Milch und ihm verhaut,
Machd er „Pchchch" und hat mit eins mich
In der Nase reingeklaut.

Kuhnke's Franz laß Masern kriegen,
Wenigstens auf eine Woch, –
Denn denn krie zum Schlittche fahren
Ich sein schönes Schlittche doch.

Und noch eins: Dem Stock vom Lehrer,
Darum bitt ich Dich zum Schluß, –
Schmier mit Zwiebeln ein, so dichtig,
Daß er auf mir platzen muß.

Hast Du alles dies bedeichselt,
Und bist wieder weggehuscht, –
Lieber Weihnachtsmann, denn Dank schön –
Und – denn will ich weiter nuscht! A. de Resée

Robert Johannes

Quodlibet Königsberger Redensarten

Jedes Land hat sein Manierchen,
G'rade wie die lieben Tierchen,
Bei uns red't man ohne Faxen
Wie der Schnabel uns gewachsen.
Hört nun wie der Volksmund spricht,
Aber ärgert Euch man nicht,
Denn so red't Ihr Alle!

Königsberg ist meist sehr dreckig,
Und die Straßen molsch und eckig,
Und bei Regen hört man zetern:
Heut' kann man sich recht beklätern.
Kremple d'rum die Bicksen auf,
Stülp 'e alten Wurmtopp d'rauf,
Nimm den Flochtenmantel.

Jungens geh'n oft barfuß schorren,
Manche tragen dabei Schlorren,
Viele geh'n sich öfters baden,
Mancher schläft bei zune Laden.
Manche dehren nich aufs Eis,
Bowkes angeln, wie man weiß,
Fahren dabei Kahnche.

Pracher fordern oft e Dittchen,
Stromer kommen gleich ins Kittchen,
Kuppelweiber viel plachandern,
Eine gielt stets nach die Andern,
Hucken auffem Kohlentopp,
Hauen sich Kruschkes annen Kopp,
Daß se fohrz beschwiemen.

Is e mal recht scheenes Wetter,
Kenigsgarten groß Geschetter.
Auf der Lucht is viel Gerümpel,
In der Stadt der Kuthningdümpel.
„Ja !“ – schreit der – „erbarm’n Se sich,
Nach Schocklad’ riecht’s fürchterlich –
Einem wird ganz wabblig !“

Alte Spießer stehn und blubbern,
Tulpche Grog, das muß man schlubbern,
Kaufmichs gibt’s und Ladenschwengels,
Dojahns, Bonnkes und auch Bengels.
Mancher äschert sich sehr ab,
Mancher quiemt so bis im Grab,
Is und bleibt e Hehmske.

So’n Schulmeister hat e Penter,
Auffes Land haut der Prezenter,
De Kanonenschüsse bullern,
Und die Kegelkugeln kullern.
Feuerwehr kömmt angeaast,
Mit das Wasser wird gequaast,
Weilerweis is’s dreckig.

Schaschkes gibt’s und Attalristen,
Pickenier und Hobegisten,
In Sprechan, da gehn se tanzen,
Denn dort sind de feinste Flanzen,
Jeder lootst sich da ganz schnell
So’ne drugglige Margell,
Amesiert sich aasig.

Mancher glupt in einem während,
Viel Gepranzel is sehr störend,
Gute Tuntel braucht viel Schniefke,
Wer recht gnietsch is, is e Gniefke,
Wer spachheistrig, is e Spocht,
Wer viel schnapst, wird eingelocht
Mit dem Nasenquetscher.

Saure Grütz mit Wickelfüße,
Bruken, Betenbartsch, recht süße,
Graue Erbsen mit Kammbraten,
Pilzkes, schön in Schmand gebraten,
Rollmops und e Schalche Fleck,
Dort am Reichert seine Eck,
Darauf sind wir gieprig.

Abends knasterts oft im Bette,
Plurksch, statt Kaffee, bringt de Jette,
Uklei, Plätz' und andre Fischke
Steckt der Bauer inne Lischke.
Pracherweib hat stets e Kreppsch,
Stubenmädchen sind oft preppsch,
Oft auch karsch un kiewig.

Mancher raucht e netten Strempel,
Der verkauft dem ganzen Krempel,
Mancher Fiehsnas' muß stets gnorren,
Und son' Schluhsohr läßt sich porren.
Wer im Stiem, der torkelt auch,
Macht Schkandal, wie es hier Brauch,
Kommt zu Haus beschworken.

An dem Stammtisch wird geknurbelt,
Und viel Talg dabei geburbelt.
Mancher ojahnt schon um neune,
Aal mit Keilchen schmeckt sehr feine.
Jenem sind de Klischen mieß,
Der wäscht sich de durch'ne Füß,
Doch se bleiben maukig.

Mancher hat e schlechten Fradem,
Bei de Tauf, da gibt es Fladem;
Wenn es gladeist, is es eklich,
Mancher is beim Fraß sehr mäklich.
„Duche", sagt de Frau – „adche!
Laß ze Haus des Portmonnee,
Nimm man hier fünf Dittchen!"

Und so gibt's noch viel Geschichten,
Daß ich mir könnt fohrz bedichten,
Doch, was soll ich weiter schwabbeln,
Und das Alles noch begnabbeln.
Wer da sagt, das is nich fein,
Dem sag' ich: denn laß es sein,
Lies erst unsern Frischbier!

Ostpreußische Liebesahnung

Mir is, weiß der Deiwel, ganz dammlich zu Mut,
Bald sitz' ich un drecksel Gedichte;
Bald bin ich ganz bees', un denn wieder gut,
Bald knabbr' ich an talgige Lichte.
Bald wird mir vor Weinen mein Auge naß,
Bald stirz ich mich rein ins Getriebe:
Erbarmen Sich, sagen Se, was ist denn das?
– Ich denke, das ist die Liebe!

Oft scheicht es mich Nachts empor aus dem Schlaf –
Vor mir stehen dreihundert Fatzken! –
Ich spick mit die Fieß, ich fechte ganz brav,
Doch so lachen von wegen die Zatzken.
Denn kull'r ich mich wieder in's griene Gras
Und sing: „Ach wenn's immer so bliebe!"
Erbarmen Sich, sagen Se, was ist denn das?
– Ich denk doch, das ist die Liebe!

Ganz koddrig geht's mir auf die Kegelbahn –
Ob Pohs[1]) wir schieben, ob Kriege,
Mich setzen se immer so hintenan,
Beim Berappen stets vorn ich liege.
Ich reiß' mir e Splitter im Finger – ach was –
Nu is es rein aus mits Geschiebe. –
Erbarmen Sich, sagen Se, was is denn das?
Ich denk doch, das is die Liebe!

[1]) Pot und Krieg — beim Kegelspiel.

Mir schmeckt auch, warraftig, der Grock nich mehr,
Selbst wenn ich von Konjack ihm braute;
Des Abends schau' ich ins Sternenheer,
Na, ich bin e scheene Schaute!
Reimatisch sind mir ohn' Unterlaß
Die Glieder, als kriegte ich Hiebe. –
Erbarmen Sich, sagen Se, was is denn das?
Is das wirklich die dammlige Liebe?!" –

Wenn Du noch eine Tante hast

Wenn Du noch eine Tante hast,
Denn schabber[1]) nich und sei zufrieden,
Besonders, wenn das Schicksal ihr
E großen Pungel[2]) Geld beschieden.
Wenn du noch eine Tante hast,
Dann sollst Du sie in Liebe pflegen,
Damit Du einst die „süße Last"
In Frieden in die Gruft kannst legen.

Und hat die Tantche Magendruck,
Denn kannst Du ja gleich bei ihr wohnen,
Nimm heimlich einen kräft'gen Schluck,
Und denn kau' immer Kaffeebohnen;
Und treibt Dein Blut Dich auch mal fort,
Sei's in die Kneip', auf Flur und Felder –
Bleib' hucken, Jung', am sich'ren Ort
Und sing': „Nu ruhen alle Wälder!"

Und kriegt die Tantche Influenz,
Was frieher man die Pferde kriegten,
Dann brau' Dir einen steifen Grog,
Die Tantche kann darauf verzichten;
Gib Fliedertee ihr eimerweis,
Und laß ihr schwitzen zum Vergniegen,
Du aber trinke Deinen Grog,
Und wenn sich fohrz die Balken biegen.

---

[1]) schabbern = schwatzen. [2]) Pungel = Beutel.

Und hat die Tantche einen Mops,
Auch gegen den zeig' Dich recht freundlich;
Stopp' ihm voll Kenigsberger Klops,
Is Dir die Bestie noch so feindlich.
Und is das Vieh auch noch so dick
Und schnarcht es noch so hohl un gräßlich,
Du schläfst ja nich bei ihm, welch Glück!
Puschei[1]) ihm, wenn er noch so häßlich!

Die Tantche liebt das Alles sehr
Und schenkt Dir jetzt schon manchen Dittchen;
Denk', später kriegst ja noch viel mehr
Und wohnst in Deinem eig'nen Hüttchen;
Denn aber reiß die Türen auf –
Und Katz' und Mops, sie nehmen schnelle,
Durch kräft'gen Fußtritt ihren Lauf
Bald über Deines Hauses Schwelle.

D'rum, wenn Du eine Tante hast,
Denn schabber nich und sei zufrieden,
Das Schicksal hat Dir eine Last,
Doch ihr e Pungel Geld beschieden!
Wenn Du noch eine Tante hast,
Denn sollst Du sie in Liebe pflegen,
Damit Du einst die „süße Last"
In Frieden in die Gruft kannst legen!

Mutter on Sähn!

Oeek hew geheert so manchet Leed,
Dat klung so hell, dat klung so seet;
Ook manchet Woort troff min Gemöt,
Dat öck min Läwdag nich vergät.
Doch weer dat alles nich so schön,
So ilderlöwst ook alles klung,
Als wenn min Mudder to mi säd:
„Min leewet Kind, min trutster Jung!"

---

[1]) Putscheien = streicheln.

Wenn et öm Läwe goot di geiht,
Wenn hoch de Sönn am Himmel steiht,
Denn kame Frind von alle Sied,
Du denkst: wie goot sön doch de Lied!
Dat Läwe, Frind, geföllt di sehr,
Wat denkst du denn an Mög un Not,
Du denkst blos: wenn't doch morge weer,
Wie hiet on gistre, denn weer't goot!

Das Alles ändert sick geschwind;
Denn wenn et schlecht geiht, leewer Frind,
Denn makt sick Alles op de Been,
Bet du toletzt steihst ganz alleen;
On Mancher, hast du nicht geseh'n,
Dä sonst din Frind bi Lost on Späl,
Dä schmött na di dem erste Steen,
Di to verwunde Hart on Seel!

Denn wart di manchmal so to Moot,
Dat du woll denkst: ach weer öck dodt!
Öm Graw si öck doch ganz allein,
Da dröckt mi nich de Lichesteen.
So denkst du woll; doch dat ös schlecht,
De leewe Gott kennt dine Not,
Ook läwt een Hart noch trü on echt,
Diene Mutter ös ja noch nich todt!

Gah hen to ehr on klag ehr vär,
Wie du als Kind ehr hast geklagt.
On grämst du di ook noch so sehr,
Du blöwst nich länger mehr verzagt,
Wenn du versteihst das Woort so scheen,
Wenn et die recht to Harte drung,
Dat Himmelswoort: Min leewer Sähn!
Min trutstes Kind! Min ohler Jung! –

On hast du noch so vähl studeert
On dit gelehrt, on dat gelehrt,
Din Krimskrams von Gelehrsamkeit
Sön Wunder wie dit Woort nich deiht.

Dat alles makt dem Koop di schwar,
Doch Muttertrost, e leichtet Hart –
Makt wedder dine Ooge klar,
On du vergättst, wat die ook schmart!

Drom, lewet Kind, horch op min Lehr:
Hol dine Mutter stets ön Ehr! –
Geiht se ook nich so stramm on fin,
On höllt se nuscht von Pracht on Schien!
Et redt so Mancher wunderschön,
Wat Alles blos kömmt von de Tung,
Von Harte kömmt das Wort: „Min Sähn,
Min lewet Kind! Min trutster Jung!"

Karoline Klätrigkeit
oder
„Wem nehm' ich?"

Ich dien' im Hoff als Wirtschaftsmamsell
Und schlaf inne Meierei,
Mein Breitgam, der wird Meier einmal
Und lernt sich jetzt hier frei.
Er hat dicht neben meine Stub'
Sein kleines Stiebche auch;
Wenn der Kerl blos nich so paffen möcht,
Die Stub' is blau von Rauch.
De Nacht, da schläft er bombenfest,
Ich hör ihm schnarchen laut;
Is gut, daß ich mir dran gewöhn
Jetzt all, als seine Braut.
Ferdnand Strambull, so is sein Nam',
V'leicht kennen Sie ihm auch?
Von Statur is er ja sonß ganz scheen,
Man es bische strammen Bauch.
Das macht die Molkentrinkerei –
Und das wird auch so sein;
Denn daß die Molken mästen gut,

Sieht man an unsre Schwein.
Ich heiß Karoline Klätrigkeit,
Bin hübsch vons Angesicht,
Und ein paar hundert Talerchens
Hat für mich das Gericht.
Ich bin nämlich ein Waisenkind;
Mein Vormund, der war schlau,
Als vorigtes Jahr ich mündig wurd,
Da wollt er mir zur Frau.
Mein Onkel is er und all alt,
Ich dank für so was sehr.
Mein Nante, der is jung und forsch,
Kam grad vons Milletär.
Demselben Abend stellte er
Mich einen Antrag an;
Ich sagd: ich ieberfiehr mir erst,
Eh ich Dir nehm zum Mann.
Bleib unter meine Augen hier,
Und tritt als Meier ein,
Denn können wir des abends bei
Doch hübsch zusammen sein.
Keiner nich weiß, daß wir ein Paar;
Er horchd – was will ich mehr?
Und über seine Führung gar
Kann ich nich klagen sehr.
Un trinkt er einen ieber Durst –
's passiert ja auch e mal,
Nich, daß er denn so lärmen tut,
Denn is er wie e Fahl.
Nu proscht er alle Tage mir:
„Reich Deine Künd'gung ein,
Wir kaufen sich e Grundstück an
Un denn kann Hochzeit sein!"
Ich war auch meist all eingegangen,
Da wurd bei uns drehniert – –
Und dieser Kerl, der Schachtmeister,
Der hat mir rein verfiehrt:
„Freileinche, schönes", spricht er mir
Neulich im Schweinstall an:

„Ich bin auf Ihnen so verrückt,
Daß ich nich sagen kann.
Sie sind so schmeißig inne Talj,
So fein in das Gesicht,
Zwar viele Brautens hadd ich schon,
Man so was doch noch nich!
Is es denn wahr – soll der Strambull
Ihr stiller Breitgam sein?
Wenn ich an Ihre Stelle wär,
Ich ging auf das nich ein.
Das wär kein Plan für Deutschland nich,
Da rat ich Sie ganz ab,
Denn so e grienen, dummen Jung
Dem brächt ich auf'm Drab.
Ich dacht im Herbst ja auch zu frein,
Wenn so passend war – –
Was mein'n Se, wir zwei Beide sind
Auch e ganz strammes Paar.
Karlinche, reichen Se de Hand
Mich zu dem Lebensschritt,
Ich denk doch, gegen dem Strambull,
Da stremm ich doch noch mit?"

Ja, ich verschmeiß die Heirat auch
Mit dem Strambull als Mann – –
Verändern wollt ich mir so wie so,
Mit wem, kömmt nich drauf an! –

Ein Kind

(Nach einer Anekdote)

Eines Nachmittags ging ich, wie
Gewohnt ich's bin, um das Glacis,
Von ferne drohte etwas Regen;
Zwei Kinder kamen mir entgegen.
„Lauft nur, so schnell Ihr könnt, nach Haus,
Sonst wäscht Euch noch der Regen aus!"

Das eine war ein Mägdelein,
Das andre Kind – was konnt es sein?
Ein Mützchen trug's und kurzes Haar,
Doch Mädchenkleider –, sonderbar!
Ich fragt das größere: „Wie ich meine,
Ist das Dein Schwesterchen – die Kleine!“
„E nei!“ entgegnet das geschwind:
„Es is kein Mädchen, es is e Kind!“
„Ein Junge?“ sprach ich, „das ist schön,
Bald wird er auch zur Schule gehn.“
„Nei!“ rief das Kind mit voller Lunge:
„Es is e Kind, es is kein Junge!“
„Mal ist's kein Kind, mal keine Marjell –
Was ist es dann, so sag' mir's schnell!“
„Wenn seine Bicksen[1]) fertig sind.
Denn is's e Jung, jetzt is's e Kind!“

---

[1]) Büchsen-Hosen.

Meine Tante Klara

Mine Tante Klara, dat ös e Gestell,
Nei, so e Fru, dat ös e wahre Pracht!
Ehrem Kater striegelt se dat ruuge Fell,
Onn rennt he weg, denn grient se Dag onn Nacht.

Wie stoppt se ehrem Hund! Dat söte Veeh,
Dat frett dat Fleesch, geschmort, von Porzellahn;
Dreemal de Wäk wascht se emm witt wie Schnee,
Onn ös hei krank, göfft se emm Läwertran.

Sei ös e Staat för't mönschliche Geschlecht,
Sei ös för disse mieße Wölt to goot.
Dä Kater onn de Köter krie'e er Recht –
Man nich de Mann, dem schleiht se oft
halw dot!

Ostpreußische Seelenkämpfe

Mein Liebchen wohnt ganz inne Näh'
Am schönen Pregelstrand;
Mein Herz klopft laut, wenn ich ihr seh',
Es kribbelt mir de Hand.
Ihr Lächeln geht mir durch un durch,
Mir wird, ich weiß nich, wie . . .
Von Königsberg bis Insterburg
Gibt's keine Mergell wie die !

Ihr weicher, nudelrunder Arm –
Ach Gottche ! ganz fermost !
Und denn ihr Patschche weich un warm,
Wenn das so mit mir koost . . .
Ihr Wuchs – e junger Aepfelbaum !
E Schwanenpelz – ihr Hals !
Na kurz, der richt'ge Jünglingstraum
Voll Duft und Gänseschmalz.

Un praktisch is das trautste Kind
Bei all' dem Liebesreiz !
Se strickt – es geht forz wie der Wind,
Se käkelt – heil'ges Kreuz !
Se schnitzt, se malt, se spielt Klavier,
Es is e reine Pracht !
Zweihändig – auch mit alle vier –
Ich weiß nich, wie se 's macht !

Un wenn se kocht – das fluscht man so,
Un was se kocht, das schmeckt . . .
Ja, Alles wär' frisch, fromm, frei, froh
Un meistenteils korrekt . . .
Nur eins bringt meine Wut in Schwung
Und macht mein Herz mir bang –
Ihr Vater dient als Kegeljung'
In Domscheit's[1]) Restaurant.

---

[1]) Zu lokalisieren.

Oft wenn ich Abends bei ihr bin,
Bei ihr so ganz allein,
Dann schallt mir oft so mittendrin
Wie: „Pip'stäl !" – „Alle nein !"
Ich mag dann kämpfen, wie ich will –
Es packt mich, wie verrückt,
Und: „Rehbock !" seifze ich dann still,
Wenn mich ihr Kuß beglückt.

Einem Kegeljung' sein Schwiegersohn –
Pfui, Deiwel, wie das klingt !
Nich wahr ? Es is der reine Hohn,
Der in de Augen springt.
Und doch, die Liebe brennt zu sehr,
Mein Mädchen is zu hold,
Mein Paradies – ich geb's nich her,
Wie auch die Kugel rollt !

Vielleicht, so hoff' ich, wird im Mai,
's is möglich, früher schon,
Ein kleiner Kellnerposten frei
In Klein's[1]) Restauration.
Ihr Vater nimmt mit kiehnem Sprung
Die Kellnerstelle an
Und dient nicht mehr als Kegeljung'
In Domscheit's Restaurant !

Immer in Angst

Ein Hütejunge von etwa zwölf Jahren,
Den Strohhut auf semmelblonden Haaren,
Das Gesicht mit Sommersprossen besät,
Steht auf dem Feld, das vor kurzem gemäht.
Die magern Beine in kurzer Hose,
Die braunen Hände knüpfen die lose
Gewordene Peitschenschnur um den Stock.
Neben dem „Herren", der treue Flock,

---

[1]) Zu lokalisieren.

Schaut bald auf ihn, bald auf die Herde,
Fragenden Blicks, ob Zeit es nicht werde
Mit den Schafen nach Hause zu trollen,
Denn näher und näher dröhnt das Rollen
Des Donners und der Blitze Pracht
Leuchten, als wäre es finstere Nacht;
Und doch währt es noch viele Stunden,
Ehe die Nacht den Tag überwunden. –
Plötzlich bricht los das wilde Wetter;
Über die schmalen Schulterblätter
Legt sich der Bub' einen leeren Sack,
Zitternd bei jedem neuen Schlag.
Die Schafe, eng aneinander gedrängt,
Haben die Köpfe gar tief gesenkt,
Und bei der Blitze leuchtenden Flammen
Drängen sie angstvoll noch näher zusammen. –
Ein knatterndes Krachen erfüllet die Runde,
Ein Stöhnen entringt sich des Burschen Munde,
Seine Wangen sind so bleich, so hohl – –
„Kömmst ute Angst gar nich rut!" sagt er zitternd –
Der Hund erhebt seine Nase – witternd –
„Oem Soamer blitzt, on öm Winter mottst önne School!"

Das Strümpfestoppen

Frei nach einem Gedicht in sächsischer Mundart

Paulinche, die Tochter vom Schneider Lurch,
War das schönste Mädchen in Insterburg;
So schön war warraftig dort keine.
Das war e Merjell! So flink, so adrett,
Mit einem Wort: Die Krät war sehr nett,
Und alles an ihr war feine.
Nur in einen Punkt war se liederlich:
Sie stoppte sich nämlich die Strimfe nich, –
Na sehn Se, das find' ich gemeine!

So lang se noch jung war, da ging es ja an,
Denn hätte se da ihre Pflicht nich getan,
Denn tät se die Altsche verkloppen.
Und es war ja auch warraftig nich schön
Mit zerrissene Strimfe spazieren zu gehn,
Sonst könnten die Leut' se doch foppen.
Doch als se de lange Kledasche gekriegt,
Da sagt se: „Die Strimfe, die sieht keiner nich;
Nu brauch ich se nich mehr zu stoppen!"

Die Ollsche, die hat oft geschimpft un getobt,
So lange, bis sich Paulinche verlobt,
Mit dem Gottlieb Burblies aus Zinten.
Na, das war e Menschche, achchott, achchott!
Geschniegelt, gebiegelt vom Zeh bis zum Kopp,
Kein Fleckche am Röckchen zu finden.
Die Stiefel recht blank und so sauber gemacht,
Und knallrote Strimfe; das war e Pracht!
So geh'n jetzt alle in Zinten!

Nun machten zusammen die Beide allein
Die große Reise nach Allenstein –
Und gehn an der Alle spazieren.
Da war so ein moddriger Poggenteich,
Ein Baumstamm als Brücke ging rüber gleich,
Den mußten die Beide passieren.
Paulinche als Erste betritt dem Stamm
Und kladeradatscht sich die Kleider zusamm',
Se braucht sich ja nich zu schenieren.

Doch wie der Gottliebche runter gekickt,
„Achchottche!" sagt er, „bin ich denn verrickt?
Die Merjell hat e Loch im Strumfe!"
Dem Gottlieb fliegen im ersten Schreck –
Herrjesenchens! gleich beide Beine weg
Und: Je! da fällt er vom Stumfe.
Und wie die Paulinche sich umgedrellt,
Da war se um ihren Bräutgam geprellt –
Der Gottlieb, der stach schon im Sumfe!

Zum Schluß is es schließlich wie immer gekomm'n:
Paulinche, die hat sich das Leben genomm'n –
Ihr wurde die Leber so trocken. –
Nu huckt se des Nachts auf'm Baumstamm als Geist,
Und stoppt alle Strimfe, die Gottlieb zerreißt,
All' ihre zerrissene Socken!
Und schuchrich tönt ihr Gesang dazu: –
„Ach, Mädchens, stoppt eure Strimfe doch zu
Und brennt euch nich immer die Locken!"

Der Segen des Trinkens

Es ist schon viele Jahre,
Vielleicht noch länger her
Da wohnt ein braver Jüngling
Im schönen Cranz, am Meer.

Der saß manch lange Tage
Ganz vorn am Ufersteg
Im dolzigsten Farniente –
Bierflaschen standen am Weg.

Und eine nach der andern
Goß er hinab in den Schlund,
Die Flaschen aber, die warf er
Zu den Flundern im Meeresgrund.

Die Korke indess' behielt er,
Sie schienen ihm noch so neu;
Er steckte sie sich in die Tasche
Und dachte nichts weiter dabei.

Und als er wohl reichlich vier Wochen
Gesessen am Strand umher,
Da wurd von gesammelten Korken
Sein Rock gewaltig schwer.

In seinem schwankenden Köpfchen
Da ward es trüb und bang,
Es fiel der beduselte Jüngling
Ins Meer von der bierfeuchten Bank.

Und als man nach zirka drei Stunden
Den Rettungskahn schnell ließ ins Meer,
Da schwamm der betrunkene Knabe
Ganz nüchtern und munter einher.

Es hatte den Braven gerettet
Sein korkengefüllter Rock –
Er selber war gar kein Schwimmer,
Er war so steif wie ein Stock.

Nun sitzt er in jedem Jahre
Im schönen Cranz am Meer –
Doch hat er sich's zugeschworen:
Von jetzt ab trinkt er – noch mehr!

Der Kirchenbau

In einem Dorf an Samlands Küste –
Den Ort ich wohl zu nennen wüßte,
Wär' der Herr Pfarrer dort zu Land
Nicht Jedem wert und wohlbekannt.
Ein Seelenhirt vom reinsten Wasser,
Kein überfrommer Freudenhasser. –
„E Zockermönsch!" seggt Bäcker Wedel.
„Mit einem Wort: er ist sehr ädel!"

In diesem Dorf, das sehr gesegnet,
Hat es vier Wochen schon geregnet.
Und grad vor hoffnungsreichster Aust
Hat dort ein Hagelschlag gehaust –
De Bäcker Wedel meent: „Wie Eier!"
„Wie Höhnereier!" meent Frötz Meyer.

Beim ersten warmen Sonnenblick
Geht unser Pfarrer nun ein Stück
Hinaus, auf schmutz'gen, schlechten Wegen,
Sein Feld zu sehen nach dem Regen.
Da sieht er an dem Grabenrand
Drei Jungen – wie aus Rand und Band –
Die einen Haufen Dreck (Pardon !)
Sich aufgebaut zu einem Thron.

„Ihr seid doch wirklich gar nichts nutz !
Zu welchem Zweck habt ihr den Schmutz",
Seggt ons Herr Farr, „hier aufgeflieh'n ?
Man sollt euch ein Paar überzieh'n.
War macht ihr da ?" Da seggt der Jirge:
„Herr Farr, wir bauen eine Kirche;
Ich bau dem Turm stark un groß !"

„Un ich die Kanzel !" „Ei famos !"
Seggt ons Herr Farr, on lacht, on lacht:
„'ne Kirche ! Das habt ihr hübsch gemacht !
Nun sag' mal, Fritz, Du kleiner Narr,
Habt ihr denn auch 'nen Herrn Pfarr'
Für eure Kirche !" Fritz will weinen;
Sien Muul, dat ös ganz schwart on kläw'rig:
„Blöfft ons vom Dreck noch so väl äwrig.
Herr Farr, denn machen wir sich Einen !"

Angst

Was meeg mit die Margell blos sein ?
Es will mir nich gelingen,
Da meeg ich bitten, drohen, schrein',
Aus'e Kammer ihr zu bringen.

„Marieche !" sag' ich, „trautzte Braut !
Du ahnst nich, was ich leide !
Heerst ? ich versprech' Dir hier ganz laut
Ein Kleid von weisse Seide !"

Se kennt mir schon: das hab' ich ihr
Schon öfter mal versprochen; – –
Se schiebt de Schlafbank vor de Tür
Und hat sich ganz verkrochen.

Se riehrt sich nich, se regt sich nich,
Is nich heraus zu bringen. – –
Achott! Achott! se wird doch nich
Im Patscheimer rein springen?

Se riehrt sich nich, se regt sich nich –
Mir woll'n de Knochen klappern.
Und daß se nich ein Wortche spricht –
Se kann doch sonst so schabbern!

* * *

Na endlich weiß ich, was ihr is,
Ihre Mutter sagt's mir eben:
Se hat ihr falsches Zahngebiß
Zum Zahnarzt hingegeben!

Mein Jettchen

Seit die Jette ich begegnet,
Is mich Alles ganz eingal,
Und wenn's Schornsteinfeger regent,
Sie bleibt doch mein Ideahl.
Wo ich steh und wo ich sitze,
Ueberall denk ich an ihr –
Ob bei Kälte, ob bei Hitze,
Immer steht se neben mir!

Wie ich ihr zuerst gesehen –
Draußen vor das Kenigstor,
Ging vom Kopf bis zu den Zehen –
In mir so e Kribbeln vor.
Mitten durch die Menschenmassen
Drängeld ich ihr immer nach –
„Ach Gott! Wer hat dem rausgelassen! ?"
Schrie se laut. Mir wurd ganz schwach!

Ich zog de Mitz; ich mißd doch grießen,
Und ich fragd: „Wo gehn Se hin?“
Da wurd se rot von Kopf bis Fießen,
Se fragt mich, ob ich dammlich bin.
Un denn kißd ich kiehn, verwegen
Ihr auf ihre Lippen schnell –
Und se hädd gar nichts dagegen –
Es war e reizende Mergell!

Und wir gingen wie bedammelt,
Hand in Hand – wir duzden uns.
Der Mozartzopp war losgebammelt,
Un de Jungens uzden uns.
Ich tat mit die Augen plinken,
Sie sah immer von mir weg;
„Jettche!“ sagd ich; „Willst was trinken?“
„Nei!“ meint se, „e Schalche Fleck!“

Un wir nu ziddraht im Keller –
Un se aß und trank fer vier;
Se beleckd auch noch de Teller,
Un ich hätt – kein Geld bei mir.
Wie es endlich kam zum Zahlen,
Lachd se los und lief hinaus,
Un der Wirt, was soll ich prahlen,
Haud mir durch un schmiß mir raus!

Mein liebes Tantche

Es dämmert schon der Abend,
De Tantche geht im Bett;
Se ruht die miede Glieder
Auf ihre Lagerstätt.

Ein Sternche kickt noch flunkernd
Der Tantche in das Haus,
Sie liest erst noch die Bibel –
Dann puhst se de Lampe aus.

Drauf hat der Herr gewartet –
Er ist ein Junggesell –
Nu schleicht er in das Wirtshaus,
Und schleicht er, schleicht er schnell.

Er ass beinah vier Monat
Bei der Tantche als Pängsjonär,
Er zahld ihr nich e Dittchen –
Nu kocht se ihm nuscht mehr.

Und kommt er gegen Morgen
Bezecht vom Wirtshausschmaus,
Dann klingelt er wie dammlig
Mein gutes Tantche raus.

Sie schluupt denn in die Strümpfe
Und schließt ihm auf die Tür;
Er is denn so im Dusel
Und sieht gar nich nach ihr.

Das hat ihr oft viel Kummer
Und Tränen schon erpresst;
Und ich begreif' nich, daß se
Sich das gefallen läßt. –

Se bild't sich ein, der Kerdel
Der heirat't ihr – ja Spaß!
Mein gutes Tantche – ich weiß es –
Der Kerl, der hust't Dir was!

Auf der Post

'ne alte Landfrau steht am Schalter
Und zählt auf's Brett fünf Taler bar;
Wenn ich nicht irre, war ihr Alter
So etwa achtundfünfzig Jahr.

„Herr Sickelthär! Hier sönn fief Dahler,
Dö kröggt mien August in Barlin;
Öck bödd Enne, schriewe S' doch dem Bengel,
Öck größ emm, ook Luschnats Karlin!"

„Das geht mich gar nichts an, versteh'n Sie?
Und dazu hab' ich keine Zeit!
Zum Schreiben dort zum Pulte geh'n Sie,
Papier, Tint', Feder liegt bereit!"

„Öck kann nich schriewe, schriewe Sei doch,
Dat öck dem Jung fief Dahler schöck!"
„Vom Schalter fort!" – „na bliebe Sei doch
Man ruhig, dohne S' nich so rerröckt!"

„Lassen Sie sich das von andern machen!"
Sie sieht ihn an, etwas verwirrt,
Und kommt zu mir; zwar muß ich lachen,
Doch schreib' ich, was sie mir diktiert.

Sie drückt zum Zeichen ihres Dankes
Fünf Pfennige mir in die Hand:
„Dä hädd dä Keerl ook gekräge,
Nu kröggt hei nuscht fer siene Schand!

Ja, weer öck noch e junget Mäke,
Denn hadd hei nich so opgebruscht – –
Fer junge Mergelles dohne s' alles,
Fer ohle Wiewer odder nuscht!"

Elegie

Frei nach Eckstein

Wie rennt die Zeit, wie eilt das Leben,
Was hat der Mensch von's ganze Glück?
Kaum fängt er an dem Kopp zu heben,
Dann fällt er, schlabbernd, schon zurück.

Was nützen mir die größte Rüben,
Ein trockner Sommer – sie sind hin!
Was nützt mir Hoffnung, Glauben, Lieben,
Wenn ich ein alter Esel bin!

Der Wind feift grimmig nu von Norden,
Ringsum weht Asche und liegt Schutt;
Auch meine Asch' is all' geworden,
Mein altes Portmannee kaput.

Mich will kein Mädchen mehr zum Tanzen,
Mich will kein Mädchen mehr zum Schatz:
Geht weg ! Ich schnüre meinen Ranzen
Und such' mich einem stillen Platz. –

Ein stiller Platz ! – Ja, ja, dem kenn' ich,
Am Poggenteich, da steht ein Kreuz;
Die Mummeln mummeln dort beständig,
Das Plätzchen hat so seinem Reiz ! – –

Die Uhr blieb stehn; der Perpedickel
Fiel raus – und Alles is ferbei ! – –
Ich geh' am Teich jetzt Barsche angeln
Und ess' sie selbst ! Ei wei ! Mit Ei !

Monolog eines Königsberger Getreideträgers beim Angeln

Da huck öck nu schon von halw twei;
Mi dohne schonst de Beene weih,
Unn doch wöll hiet kein Fösch nich biete, –
Nu war öck bohld de Angel schmiete.
Verdeenst ös nu schon lang nich mehr,
Da kömmt kein Schöpp, Wittin nich her;
De Iserbohn, de schleppt ganz önn,
De foahrt nuscht rut onn bringt nuscht rönn;
De Post häwwt nuscht to karre
Na, Lied, wat wart dat ware !
Da hadd öck fröher bie Castell
Als Dräger doch so'n scheene Schtell;
Da kunn man ok mal Droschke fohre,
Doch domött sönn wie nu ömm Klohre !
Ons bätke Brannwien, et ös doll !
Belägge sei uns ook mött Zoll.
Kehm oppem Packhoff Spirtus an,

Denn hadd man ook sien Freud daran;
Denn hadd' e Loch wi rönngebohrt
Onn ons mal orndtlich önngeschmoort.
Jetzt häww's so Tiechs da röngeschmährt,
Dat heht: Denateralesährt.
Dat Jucks, dat kann kein Diewel drinke,
Erbarmt söck, Lied' ! Wat deiht dat stinke !
Kömmt nu de Tobbackszoll noch ran,
Wat hied onn morge koame kann,
Na, denn adche, denn ös verbie
Möt de Papierosrookerie.
Kortömm, dei Handel geiht ganz schlohpe,
Onn wi, wi stohne hier wie Ohpe !

Krankenklage

Nei ! nei ! Wie is das Leben dämlich,
Was ich jetzt führ', 's is nich zu sagen !
Bald spickt es mir im Rücken nämlich,
Bald kneift es mir in meinem Magen.
Denn sitzt es mir in die Gelenke,
Mal weilerweis' im großen Zeh,
Und wenn ich das so recht bedenke,
Denn tut mir meistens alles weh !

Vom Koppschmerz will ich gar nich reden,
Ich hab' dem richt'gen Dammelskopp;
Und manchen Tag, beinah meist jeden,
Da bummst die Schläf' mir im Galopp.
Ich nehm, is es zu stark das Reißen,
Antifahrin, wie's Mod' und Brauch;
Will ich mir auf dem Rücken schmeißen,
Bautz ! schmeiß ich mir schon auf'm Bauch !

Und jeden Tag e andern Doktor –
Sie sind ja da wie Sand am Meer;
Der Eine, auf dem Sofa hockt er,
Der Andere sockt hin und her;

Der Dritte sagt mir: „Gehn Se baden,
Doch ja nich kalt; daß Gott erbarm!"
Der Vierte meint: „Kalt kann nuscht schaden;
Um Gotteswillen, Mensch, nich warm!"

Der Fünfte sagt mir ganz im Stillen:
„Die Vier, die wissen gar nuscht nich!
Hier, nehm' Se zehn Rhabarberpillen."
Er nimmt mein Geld, denn drückt er sich.
Der Sechste meint: „Ich möcht 'empfehlen,
Sie kraufen inne Wann mit Moor!"
Ich muß mir in dem Modder quälen –
So wie e Oap komm' ich mir vor! –

Der Sieb'te will mich galvan'sieren,
Legt mir 'nen Stacheldraht ums Leib;
Der Achte sagt: „Der tut sich irren;
Gut is e Wasserkur von Kneip!"
Der Neunte gibt mir Kataschienchen
Zu kauen, echten Thorner Schmaus –
Ich bin wohl ihr Versuchskaninchen?
Erbarm' Se sich, wer hält das aus?!

Will es dem Zehnten nich gelingen,
Mit weitere Quacksalberei
Mir endlich untre Erd' zu bringen,
Denn sag ich laut und deitlich: „Nei!"
Ich werf' die Gläser, Pillen, Schachteln
Zum Fenster raus, zieh an den Rock,
Geh hin, wo's gibt was Gut's zu spachteln,
Und trink blos Grock und nuscht wie Grock!

Puppchens Korsett

Die gute Tantchen brachte der Lottchen
Ein neues Puppche zum Geschenk,
So'n feines, teires, so achchottchen! –
So eins mit kuglige Gelenk.

Nichts war von Zeug und nichts war pappern,
Der Kopf von Porzellan sogar!
Es könnt’ auch mit die Augen klappern
Und hatte Zähn’ und Lockenhaar.

Und ohne was kaput zu reißen,
Könnt man es ausziehn! Nei, wie nett!
Die Hauptsach’ aber will doch heißen:
Das Puppche trug auch e Korsett!

Warraftgen Gott! Mit Fischbeinstangen!
Die Lottche schlug wie dammlig aus!
Na, mehr kann auch kein Kind verlangen!
Bald wußt es schon das ganze Haus.

Ein jeder Mensch hat es vernommen –
Das Kind war rein so wie ’ne Klett;
„Onkel, ich hab ’ne Pupp bekommen
Und heer bloß, die hat ein Korsett!“

Der Mutter wird das unerquicklich
– Man kriegt womöglich noch ’nen Stich! –
„Heer auf, Margell, das is nich schicklich!
Von solche Sachen red’t man nich!“

Nu kommt Besuch. „Ach ja, wie schade,
Daß ich das nu nich sagen kann!“
Denkt Lottchen; und zum Possen grade
Sehn alle sich das Puppchen an.

Bewundert wird es denn auch feste:
„Hibsch!“ – „Reizend!“ – „Sieß!“ – Es ist ’ne Qual!
Nei, nei und grad das allerbeste,
Das weiß, das ahnt man nicht einmal!

Und länger kann sie’s nicht ertragen,
Nicht länger hält sie mehr an sich:
„Das Puppche hat was – aber sagen,
Was es da hat – das darf ich nich!“

Die Lotte aus Schippenbeil

In Schippenbeil hab' ich die Lotte
Aus ihrem Stall zum Ball geführt:
Ich hab' an zwanzigmal – o Gotte! –
In Kreuzpolka mir abstrap'ziert.
Auch hab' ich mit ihr hübsch gebiegelt[1])
Sie war mein Bestes auf der Welt –
Die Backen hab' ich ihr gestriegelt
Und zweimal Limmenad[2]) bestellt.

Sie hörte es und hat gelächelt,
Sie trank ihr – und sie hat genickt;
Sie hat sich mit die Schirz gefächelt
Und mir ganz freundlich angekickt.
Das war ein Blick! – als wenn ins Feuer
Ganz plötzlich e Schoss Wasser zischt – –
Sie hat noch fünf Glas Bier getrunken
Und sich verwenkt[3]) das – Mund gewischt.

Doch wie wir gingen, wurd' sie dammlig,
Da schien sie mir rein wie verkehrt.
„Ein Buttschche[4]) nur" – ganz leise stamm'l ich
Ja, prost! sie hat ihn mir verwehrt.
Erst war sie reizend und so niedlich,
Wic letzthin oben auf die Lucht[5]).
Jetzt wurd' sie herzlich ungemütlich,
Fortwährend hat sie blos gepucht. –

Ich grabbelt ihr am drallen Arm –
Ich war mit ihr doch schon bekannt –
Da schreit die Krät: „Daß Gott erbarm!
Se hab'n sich woll dem Kopp verbrannt!"
Nu packd' ich kiehn ihr um der Talje
Und küssd' ihr ab – wie auf Akkord –
Die niederträcht'ge Mordskanalje
Erst beißt sie mir – denn rennt se fort!

---

[1]) Hier: – gebunden. – [2]) Limonade. – [3]) verwenkt – verkehrt. – [4]) Ein Küßchen. – [5]) Lucht – Bodenraum.

Na wart! – Erst Limmenad' getrunken
Und fümf Glas Bier und Ungerswein –
Für mich nich mal den kleinsten Funken?
Ach! so soll ich behandelt sein? –
Der Deiwel hol'! ich schnür'den Ranzen,
Ich hab' genug von Lug und Trug;
Ich geh' vor'm Königstor[1]) jetzt tanzen –
Margellens gibt es dort genug!

Das Motiv

Ein Maler auf der Studienreise,
Ein echter Düsseldorfer Sohn,
Macht mal im Neidenburger Kreise
Vor einem kleinen Dorf Station.

Er hörte vom Ostpreußenlande
Viel Lobenswertes, will's drum sehn,
Und gleich zum Ärger „seiner Bande"
Nach fesselnden Motiven späh'n.

Er sieht fünf alte Bauernkaten
Und einen großen Haufen Mist –
Ein Instweib, neben sich den Spaten,
Das Kumst und graue Erbsen ißt.

Er sieht drei alte, mag're Ziegen
Auf einem abgegrasten Fleck,
Und Kinder, zahlreich wie die Fliegen,
Die spielen allesamt im . . . Schmutz.

Der Maler steht wie angebunden,
Aufs allerhöchste interessiert:
„Hier hab ich ein Motiv gefunden!
Nun schnell das Nötigste skizziert!"

---

[1]) zu lokalisieren.

„Die Hauptfigur ist jener Bengel,
In Vaters Weste nur gehüllt,
Mit Backen wie ’n Posaunenengel,
Entzückend schmutzig, der so brüllt.

Wo blieb die Instfrau ? ! – Ohne Sorgen !
Die steht schon bei ihm – er erschrickt,
Doch grüßt er freundlich: „Guten Morgen !“
„Goo’n Dag ook !“ sagt sie, grient und nickt.

Die Neugier ist nicht leicht bezwungen –
„Was mache, Herrche, Se denn dor ?“
„Ich zeichne jenen netten Jungen –
Das kommt Euch wohl sehr dämlich vor ?“

„Ijo !“ klingt’s treuherzig und bieder,
„Min Jung, dä ös jo werklich nätt –
Doch komme Se man am Sonntag wieder,
Wenn sich der Krät gewasche hätt !“

Max und Moritz

Max und Moritz, zwei riesig schlaue Jungen,
Die sprachen, wenn Langweil’ sie plagt
Von ihren Seelenwanderungen.
Der Max, der war sehr ideal,
Dagegen Moritz war robuster,
Denn Maxens Vater war ein Arzt
Und Moritz seiner war ein Schuster.
Max sprach mit schwärmerischem Blick:
„Wenn meine Seel’ entflieht der Erde,
Denn bitte ich den lieben Gott,
Daß ich ein Butterblümche werde.
Dann steh ich denn auf griener Au,
Vom saft’gen Rasen grien umrändert,
Das Sonnche scheint – und ich hab mich
Zu meinem Vorteil sehr verändert.“
Drauf sagt der Moritz: „Wirst Du e Blum’,

Denn habe ich nur einen Wunsch auf Erden,
Ich möchte dann verteifelt gern,
– ne braungefleckte Milchkuh werden.
Da kann ich denn dem ganzen Tag,
Auf griener Au herum so laufen,
Und wenn ich mied' bin, leg' ich mir,
Um mir e bißchen zu verschnaufen.
Denn seh ich Dich so vor mir stehn,
Als Butterbliemche in reinster Bliete,
Und weil ich etwas hungrig bin,
Zieh ich mich Dir gleich zu Gemiete.
Du wanderst dann durch mein Gedärm,
Bis Du erscheinst am andern Ende.
Ich laß Dich fallen, worauf ich dann
Mich mit dem Kopfe zu Dir wende:
Da liegst Du nu auf griener Au',
Vom saft'gen Rasen grien umrändert,
Und ich sag' wehmutsvoll zu Dir,
Mensch, Max, wie hast Du Dir verändert."

Frau Schacknies im Museum

Gestern war ich im Museum,
Wo de große Bilder sind
Und de steinerne Figuren,
Kinder, nei, ich wurd fast blind!

Ich bin zwar nich mehr jung an Jahren,
Und verheirat' obendrein,
Aber das sag' ich, zehn Pferde
Kriegen da mich nich mehr rein.

Denn wohin man seine Augen richten tut,
Ob nah, ob weit,
Iberall und allerwegen,
Sieht man nuscht wie Nacktigkeit.

Nackte Kerls – bis auf die Knochen –
Splitternackt, du liebe Zeit,
Nei – ich war wie rein zerbrochen,
Nackt sogar de Frauendleit!

Gottche ja, man hat ja manches
Schon im Leben all gesehn,
Wie gesagt – ich bin verheirat't,
Aber so was is nich scheen.

Alle stehen se so pratschig
Und so unverschämt und breit,
Grad als wollten se noch prahlen
Mit de ganze Nacktigkeit.

Ein alter Mann mit so zwei Jungens,
Is zum Beispiel mittenmang,
Wie se splitternackt sich wehren,
Gegen eine Riesenschlang.

Gerade beißt das Biest dem Alten
In das Bein – so doll se kann!
Das is recht!! Warum auch
Zieh'n se sich nich Unterbicksen an!!

Ein Frauenzimmer is mir da auch
Noch stark in die Erinnerung.
Hibsch, das muß der Neid ihr lassen
War die Krät – und drall und jung.

Alles hätt se aufzuweisen,
Nur von Scham nich eine Spur,
Nich e mal e Hemdenzippel
Hat ans Leib die Kreatur.

Fenus, wär das, meint der Wächter,
Aus ein Stück Marmor rausgehaut.
Himmel! Wer das meine Tochter,
Die hätt ich dann ausgehaut!

Gott sei Dank, daß ich allein war,
Denn mein Alter is nich hier:
Dreißig Jahr sind wir verheirat't,
Aber so ! sah nie er mir !

Wenn man denkt, daß jeder dumme
Ladenschwengel ungestört
Diese Pupp' sich kann bekicken !
– Nei – ich find' das unerhört ! !

Wirklich, gern mein allerbestes
Barchenthemd spendiert ich dran,
Aber zieht der nackten Fenus,
Zieht dem Frauensmensch was an !

Ein Brief eines litauischen Mädchens

Oeck schriew hiede dat örschte Breef,
An Aller, dä mi hewwe leew.
Greeß man de Oell're on de Großke,
On segg, sei sulle sick nich boße,
Dat sei mi so wiet reise leete,
Oeck heww ju Aller nich vergäte.
Oeck si önn een ganz fremdet Land
Wo alles ös mi onbekannt.
Oeck war mi odder schonst gewänne,
Tu Hus kann öck nich wedder renne,
Wils einer möt de Boahn mott reise,
Tofoot geiht nich bielängs de Gleise.
Oeck si önn eene goode Stell,
Under eene Hotelmamsell;
Dä hätt mi ganz to kommandeere
Un mi dat Koake uttolehre;
Dat micht ook väl geschwinder goahne,
Wenn öck ehr bloßig micht verstoahne,
Man mött dä Red', du mine Tid,
Da sönn se ganz verröckt, dä Lied !
Wenn öck opp mine Oart vertell,

Denn geiht öm Kriesches de Merjell
Forzig önne Stoaw bi Mann on Fru,
On spräckt: „Nain, heeren Sie man zu,
Se lachen scheckig sich und matt,
Loise spricht ostpreußisch platt!“
Na, dat mi sowat boße deiht,
Dat ös doch de Natierlichkeit?! –
To arbeide ös gar nich väl,
Far mi dat reine Poppespäl. –
Noameddag, wenn de Seeger veer,
Denn kömmt dat beste Hauptpläscheer;
Wenn denn de Sonnke nich mehr spöckt,
War öck de Mehrheit utgeschöckt,
De groote lahme Fräulein Cläre
Oem Fahrstohl rommer to kutscheere;
On ömmer ön dem Kurregoarde[1]) –
Na, da sönn Mönsche von alle Oarte!
Am dollste odder sönn de Wiewer
Mött ehre opgeturrte Liewer.
De Armes stäke ganz önn Ledder,
On oppem Kopp e rode Fedder;
Von hinde sönn se gewattehrt,
Von wiedems denkst: da kömmt e Perd. –
De Bossems ömmer rutgestremmt,
De Hoar bät oppe Näs' gekemmt,
On öm Gesöcht, da sönn se witt,
Wie nattgemoakter Glaserkitt.
De Strömp sönn rot wie Flamm on Füer,
Natierlich ook nichtswirdig dieer;
De Schohkes sönn fein gelackört,
On ware möt kein Wichs beschmärt,
Na vöre sönn se so spötz on schmaal,
Akratz wie ö Bröllefutteral.
De Oarmkes sönn de reine Knoake
On stahne wie de Peedehoake.
Om eent micht öck mi doch woll meege,
Na hinde sönn se nich to beege,

[1]) Kurgarten.

Wenn eener von dä Hoppsersch bött –
Kratze kannst nich, wiel's sonst de Tallge rött!
De Tallge, na, öck segg, de Tallge!
Da fehlt to schloahne de Kanalge,
Dat se sick fohrz nich mehr kann reehre;
Dat Liew so doll sick entoschneehre!
Oeck segg di, mine truutste Lene,
Du michst da Iserweste seehne,
Wie se dä Dames an sick drage –
Rein wie vom Schmött omt Liew geschlage.
Na, Kinder sönn da ook recht vähle,
Dä verlusteere sick mit Späle;
Man nie nich, dat e Mönsch erkennt,
Wat sick da Jung, wat Mäke nennt.
Bi Aller sönn de Käpp geschoaare;
Dat ös so Mod önn disse Joahre;
On Kleederkes bött anne Knee –
Dä oarme, oarme Deerkes, dä!
Da wippt dat henn, da wippt dat her,
Wie Spatzkes anne Husedähr.
Possehrlich to dä kleene Feet,
Sönn dä allmächtig groote Hööd;
Hinde, da reke's bät önt Gnöck,
On vähre steiht e hoch Verdeck,
On dä ös ook noch oppgeschlage,
Akratz, wie bi een Herrchaftswage.
Joa! Du, dat Breef ös nu beschräwe,
Dem wöll öck oppe Reis' nu gäwe.
On größ' ook nochmals väle Male
Di, de Mutter, dem August und dat
ganze Därp Kowahle.
Oek bliew ön Trei on Dankbarkeit
Juhne Lowise Endrigkeit!

Dichtungen von Carl Buttgereit aus Gawaiten bei Goldap:

Meine Bräute

Meine Braut is zwanzig Jahr,
Und sie heißt Marieche!
Sie hat krausgelocktes Haar,
Wie ein Hundevieche.

Wenn se lacht, denn speilt se aus
Große gelbe Zähne;
Da sieht doch viel besser aus
Meine Braut Helene!

Lehnchens Zähnchens sind man klein,
Kleiner wie beim Meischen;
Beißt sie mir im Finger rein,
Geh' ich aus dem Heischen.

Und ich ärgere mir sehr;
Es tut doch weh, o Gottche!
Beißen ließ ich mir nich mehr –
Und – ich nahm die Lottche!

Lottche war sehr schwach und fein,
Sie hatte dicke Backen,
Konnt' mit ihre Händchens klein
Zwei Kommisbrod packen.

„Packen", sag' ich, backen nich;
Lottche konnt nich backen;
Dabei hätt se fürchterlich
Schief getret'ne Hacken.

Da wurd' ich sehr schlecht gesinnt –
Denn ich fand es drollig,
Und ich sagte: „Duche Kind„
Die Jette is sehr mollig!"

Jette war nicht grade schön,
Doch sie war app'titlich;
Ihr Puckel war fast nicht zu sehn,
Er war klein und niedlich.

Bloß die Nase war nich klein,
Dafür groß die Ohren.
Das sah wohl ein Jeder ein:
Sie war taub geboren.

Sagt' ich leis: „ich liebe Dich!"
Mussd' ich immer brüllen.
Sprach sie: „ich versteh Dir nich!"
Dacht ich mir im Stillen:

„Ach, ich werd' an die Marjell
Nich noch länger bommeln;
Auf entzweid'ges Trommelfell
Läßt sich nicht gut trommeln!"

Darauf ging ich mit Hurra
Hin zur Karoline!
„Willst mir?" fragt ich, sie meint „ja!"
Mit verschämte Miene.

„Küsse mir, mein lieber Schatz!"
Ich drückt' ihr sanft die Knochen –
„Na, nimm doch man e bische Platz,
Die Gritz, die wird bald kochen!"

Bei der Herrschaft auf der Trepp'
Waren schöne Sprüche;
Schöner aber war es doch
In Karlinchens Küche.

Bairisch Bier und auch Ziehgarr'n
Taten oft mir winken,
Doch am besten immer war'n
Karolinchens Schinken.

Sie schenkd' mir ein Taschentuch,
Es war bunt bemalen;
Am schönsten war's Sparkassenbuch
Mit dreistell'ge Zahlen.

Dieses aber gab sie nich,
Und sie meint ganz trocken:
„Geb' ich dieses Buchche Dich,
Magst Dich auf die Socken!"

Weiber, ihr seid alle mieß,
Laßt euch man begraben;
Lauft euch man sämtliche Fieß,
Mir sollt ihr nich haben!

Aus!

Es lenzt

Jetz is der Winter ieberstanden,
Es lenzet nu in der Natur,
Die alten lieben Abgesandten –
– Maiglöckchen – bliehn auf der Flur.

Man kann nu wieder Lenzluft schnappen,
Rings wimmelt Mutter Grien umher.
Auch braucht man keine Ohrenklappen,
Auch keinen Wintermantel mehr.

Man holt sich keine roten Nasen
Mehr mitten mang in der Natur.
Die Sträußchen kosten auf den Straßen
Jetzt höchstens zwei, drei Dittchen nur.

Vor Freude janz begeistert stamml' ich,
Wenn ich das alles angegafft.
Der Winter is doch furchtbar dammlich,
Der Lenz dagegen – vorteilhaft.

Aus!

Der Winter

Der Winter kömmt jetz wieder ran
Der Winter is ein beser Mann;
Er fegt wohl ieber das griene Feld,
Und macht se weis – die ganze Welt,
    Mit seinen Schnee!

Wie waren de Wiesen so scheen un grien,
Und alle Bliemlein täten bliehn;
Wie waren die Beime so grien belaupt,
Die ganze Welt war grien überhaupt
    Mit seinen Schnee!

Doch armes Herz, man nich verzagt,
Der Friehlink kömmt bald ran mit Macht
Der bese Winter muß vergehn –
Das, armes Herz, das wirscht man sehn –
    Mit seinen Schnee!

Aus!

Erfüllter Wunsch

Auf der Wiese möcht' ich weilen,
In der Näh' der Sennerin,
Wo die muntern Kühe eilen
Kräuter fressend her und hin.

Sah ich sie die Kühe weiden
An dem blumenreichen Rain,
Da konnt ich den Wunsch nicht meiden,
Könnt ich doch ein Rindvieh sein!

Endlich hab ich sie errungen,
Und nun bin ich ganz und gar
Vom Bewußtsein tief durchdrungen,
Daß ich schon ein Rindvieh war!

Aus!

Flaumenmuß

Im September reift die Flaume,
Das war frieher un is noch jetzt.
Da hab' ich mich zu einem Traume
Unterm Flaumenbaum gesetzt.

Auch die Birne reift, die gelbe,
Die denn auch sehr saftig ist,
Weshalb denn auch wohl dieselbe
Jeder, der sie ißt, genießt.

Ach, ich liebe diese Frichte,
Eingemacht so als Kompoh,
Aber meine liebe Nichte,
Ja, die ißt sie immer roh.

Und da kömmt sie angegangen,
Ich glaub', das Ding ist wie behext,
Denn sie hat mir beide Wangen
Gleich mit Flaumenmuß beklext.

Als ich ihr vor Wut will schlagen,
Gibt sie schnell mir einen Kuß –
Ich beleck' mir mit Behagen:
Es war warraftig Flaumenmuß!

Aus!

Friehlings Vorahnung

Jetz is es nich mehr asig kalt.
Daß viel die Brennung kost,
Das macht, es wird nu Friehling bald –
– Mir spickd im Zeh der Frost.

Und wenn mir spickd der Frost im Zeh,
Denn is es gute Zeit,
Denn is trotz Stiem, trotz moddrigem Schnee
Der Friehling nich mehr weit.

Dann fangen auch die Hühner an
Zu legen ieber Nacht.
Die Aufgebote werden dann
Auf'm Magistrat gebracht.

Im Kasten vor dem Standesamt,
Da hängen denn so viel,
Die sich zum Ehejoch verdammt,
Als wär's e Kinderspiel.

Das Hundche, das kricht neie Haar,
Es schobbt und schubbert sich,
Ihm juckt's auf Friehling – das is klar –
Bloß Zähne kricht er nich!

So hab ich alles ausprobiert
Und bin darin jeaicht:
Entweder lenzt es – oder's friert,
Oder beides auch vielleicht.

Aus!

Aus dem Aufsatzheft eines kleinen ostpreußischen Schülers:

Der Laupfrosch

Der Laupfrosch ist bald Laup, wenn er still wie ein Blatt sitzt, bald Frosch, wenn er im Wasser patscht, und bald Laupfrosch, wenn er dem Wetter profezeit. – Er lebt von allerhand G e h tier und K r i e c h tiere; am liebsten von Glücksspinnen, wenn ich sie glücklich in seinen Einmachtopp gesperrt hab, wo denn die Mutterche, wenn er tot is, zu Kirscheneinzumachen nimmt. – Er is mit dem Löwen ähnlich, weil sie beide die Spinnen im Sprung fangen, aber sie muß noch krabbelen. – Er is auch ein Wirgengel; denn wenn er eine Spinne geknappst hat, denn zerkaut er ihr nich lange; er macht die Augen zu und wirgt ihr runter, wie unser Fritz die Keilchen. – Der Laupfrosch stammt aus warme Gegend, oder sonst wo, weil er gerne ins Warme sitzt. Bei Tag in die Sonne; abends springt er auf der Petroleumlamp, wenn sie brennt. Der meinigte springt aus seinen Schelötopp auch auf der Lamp. Wenn er sich denn auf dem Petroleumbassäng orntlich eingeölt hat, springt er auf mein deutsches Eckserzitsjum, wofür ich denn vom Lehrer wegen Fettfleckigkeit anne Ohren gezogen bekomme. – Er is sehr anhänglich an mich, aber auch an Glas und glatte Tintenfässer kann er sich anhängen. – Tritt einer ihm, kwarrt er. Tritt ihm keiner nich, kwarrt er auch, wenn er will. – Er hat eine weibliche Verwandte; das is die Krät. – Sie wohnt im Keller; manchmal auch wo anderst; daraus kömmt sie vor bei eingestelltes Regenwetter und verschrickt die Menschen, das sie krieschen und denn spucken sie dreimal aus und müssen e Toppche Wasser trinken, sonst bekommen se e Spirkel anne Lipp oder sonst wo. Sie kann auch sprechen, wenn sie verwünscht ist; das is sie aber nicht, deshalb kann sie auch nicht sprechen. – Meine Mutter, wenn sie bös' is, sagt immer zu unsre Anna:

„Krät"; sie is oder keine, wenn sie auch ausgekwollne Augen hat. – Poggen sind Frösche, wo nicht auf die Bäume leben, sondern im Modder. Einer fängt ihnen, wenn sie singen und schlägt ihnen tot, denn singen sie nich mehr; und denn pellt einer ihnen die Haut ab, zu 's krebsen. – Mein Onkel starb daran; er hätte einem im Magen; oder keinem Pogg nich, sondern einen Krebs; der fraß sich durch dem Magen und nahm Wohnung in die Därmels. Daran starb er denn im August 1903; es regnete gerade auf dem Kirchhof. – – –

Der Storch

Wenn der Friehlink wieder heimgekommen und bei uns zurück is, denn kömmt auch der Storch wieder bei uns zurück und denn is *er* heim; er kömmt immer heimlich; gestern war er noch gar nich da und dem andern Tag sagt mein Vater: „Da is er!" – „I wo!" sagt meine Mutter und schobbt sich das Bein, wo ihr noch von's vorigte Jahr weh tut. – „Ja", sagt mein Vater, „da is er!" und nu bessert er sein Nest aus und sieht sich um, wo die Poggen sind. – Die Frau vom Storch sagt: „Geh man; ich bleib so lang hucken, bis ich Kinder hab!" – Und wie sie so saß, hätt sie drei Eier, oder keine Kinders. – Wie der Storch mit einem Pogg im Mund ankam, sagte er zu ihr: „Herjehchens", sagt er, „was siehst du elendiglich aus!" – Die Storchin sagte: „Ich hab bald drei Jungens." – „Denn brauchen wir viel Poggen!" sagte er. – Nach vierzehn Tagen sagte die Frau: „*Ich huck nich mehr; mir sind schon die Beine eingeschlafen, so hab ich mir verhuckt, huck du!*" Und wie er huckt, krabbelt ihm was am Bauch und das waren die Jungens. – Da flog er nach dem Dimpel und sagt zu ihr: „Geh zu Haus, sie sind all da!" Und da ging sie und er brachte ihr einen fetten Pogg und die Kinder kriegten die Beinchens, die Frau dem Bauch und er nahm dem Kopp. – Mein Vater nimmt auch immer dem Kopp, oder nich vom Pogg, nei, vom Fisch; dem suckelt er aus; ich krieg dem

Zagel; mein Vater sagt, da sind keine Gräten drin, aber Fleisch is auch nich dran. – Einmal sagte der Storch: „Nu ess du dem Kopp!“ Oder die Frau sagte: „Nei!“ Da wurd der Storch bees und er jug seine Frau fort; da wurde sie ein Dienstmädchen und hieß Minna Storch und war bei uns. Aber sie tauchte nuscht und konnte auch nich fliegen; bloß wie sie einmal meine Mutter ihre neue Nachtsjack angezogen hätt, da sagte mein Vater: „Nu fliegt se!“ – und dem andern Tach war sie rausgeflogen.

Die Birgschafft

(Nach das Schillersche Gedicht mit die gleiche Tittlatur.)

Und es war ein beser Kenig Thürann genannt und zu den schlich einer, der hätte einen Dollich in den Rock und wollte ihm erstechen. Oder einer von die Geheime sah dieses, auch wo er dem Dollich verstochen hätte und nahm Möhrußen – so hieß er – feste und weil es in die gute alte Zeit war, da sollte er sofort am Kreuze angenagelt werden, denn Gerichtsverhandlungen waren dazu bei die alte Thürannen nicht nötig, die schrieen man gleich – ich kann mir anne neie Rechtsschreibung noch nicht gewönen: immer ran am Kreutze!

Und Möhruß hätte eine Schwester auswärts, wo sie sich verheurathen sollte. Und da dieses ohne ihm nicht ging, erbittete er sich von den besen König, Thürann genannt, drei Tage Uhrlaub. Und weil Möhruß außer die Schwester auch einen guten Freund hätte, den lüß er da als Unterfand, damit daß der König einen anderen hätte zus erblassen, wenn Möhruß nicht kommen könnt. –

Und solche Freunde gibt es gar nicht in die häutige Zeit. Wenn einer von meine mir man blos vorsagen soll, nicht einmal das tuth er, oder nei, er pätzt noch. Und nu gar vor mir annes Kreutz schlagen – ei weih, nei!

Oder Möhrußen seiner war einer von die alte ausgesterbte und er blieb bei den Kenig als Fand. – Möhruß oder zog los und alles bei die Hochzeit ging glatt. Und einer denkt nu: der kömmt doch nicht wieder, der is froh, das er wech is! – Ich möcht auch nich hingehen, denn warum? so dumm! Der andere is doch da zus Aufhängen. –

Aber Möhruß war auch einer von die alte ausgesterbte. Und er spuhtete sich mächtig, nur noch richtig zu den Kenig zus erblassen zu kommen. Oder es ging ihm alles verquehr; auf den Rückwege hätte er sich verbiestert, denn müßte er übere Brick, oder die brach und er brach auch und müßte rein im Wasser und müßte rumpaddeln wie ein Pogg und wie er die Reibers mit gewalltigen Streichen verkeilt, das sie teilweise fallen und drahtziehen und er ängstigt sich gräßlich, das er man bald noch zeitig zus Annageln kommt.

Und also nu kömmt er gerade an, wie der Uhrlaub alle is und da sieht er schon aus die Ferne den verfändeten Freund baumeln, wie das ihm einer grad aufzieht, wie die Mutterche die Kichenuhr. –

Und da kriegt Möhruß das Rennen und er rennt durch allen Schutzleuten und Augenzeigen und giebt dem Oberkommissär ein Stubbs und haut dem andern ein Sternicksel und schreit: „Hier bin ich, nehmt mir, ich will am Kreutze!" – –

Und da der bese Kenig das hört, da wird er ganz gut und war sehr geriehrt und hat gewiß auch nich gedacht, das Möhruß wird so dammlig sein und wiederkommen, nei, lieber dem andern versetzen. Und wie die Freunde sich nu umgeärmelt und sich ein Kuß geben, da fürcht sich der gute Kenig nich mehr für dem Dollich im Gewand und erlaubt sich die Bitte, ob er bei die Zwei nicht dem dritten Mann machen könnte, – und da wurd er der dritte Mann. – Die beide sternickselte Oberkommissärs verklagten den Möhruß oder wegen Beamtenbeleidigung.

Das Rind

Das Rind gehört zu die Haustiere, weil sein Stall gewöhniglich an dem Haus rangebaut is. – Sein Körper is ganz mit Haar bedeckt; manchmal weiß mit schwarze Flecken, manchmal schwarz mit weiße Flecken und manchmal anders. – Das Rindvieh ist eine Familie. – Der Mann is der Ochs; die Frau ist die Kuh; – die Kinder heißen Bullkälbers. – Die Kuh hat an die Hinterbeine ein Pompadur mit vier Troddeln. – Die meisten Ochsen kommen vom Land. – In der Stadt sind auch welche, die werden geschlacht. – Der Mensch hat viel vom Ochsen: das Fleisch, das Fett, die Haut, dem Zagel; dieser wird auch Ziemer genannt und is zum Hauen. Ich kenn ihm! – Der Ochs is kein Ochs; er heiß man so. – Jedes Rindvieh nährt sich von Pflanzen. Die Bauern und die Ochsen fliegen die Felder. – Die Kühe gehen mit die Bauernmädchen auf der Weide. Eine Kuh is nich schön, je mehr es aber sind, desto schöner werden sie. – Die Ochsen werden im schönsten Mannesalter geschlacht. – Von die Kuh kriegen die Milchmänner ihre Milch. – Aus die Kälber macht einer Lichters und Waschseif. – Das schöne Rindvieh is dem Bauer sein Stolz. – Mancher Bauer hat Ochsen, die sind so groß wie er – denn wird er Gemeindevorsteher.

Der Elefant

Der Elefant is ein seltsames Tier, weil man ihm nur im Tiergarten zu sehen bekommt oder innc Melmascherie, deshalb is er auch seltsam. Er is aber auch deshalb seltsam, weil er fiel seltsamer aussieht, wie die andere Tiere, wo wir schon alle kennen. Zum Beispiel das Rind, das Ferth, das Hun un der Storch. Aber er geheert auch zu die Säugetiere, weil seine Jungens sich an ihm saugen.

Wenn einer, wo einer, un einer gibt ihm was Sießes, Bombom oder Schukkelad, denn freit er sich. – Ich auch! –

Er kann laut lachen. Er lacht immer laut, wenn er Bombom kriegt, das kann man deitlich heeren, aber sehen kann es einer nich. Sein Gesicht sieht sehr dammlich aus, aber er is meist gemietlich. Beese wird er nur, wenn ihm einer piesacken tut.

Der Elefant hat vier Beine, wo an jedem Bein an das unterste Ende vier Plattfieße befestigt sind, darauf steht er. Er kann aber auch damit gehn.

Unsre andere Tiere haben man bloß einem Zagel, aber der Elefant hat zwei. Einem hat er vorne, dem andern hinten. Der hintere sitzt da, wo er sitzen muß, aber das is eigentlich gar kein richtiger Zagel, sondern man bloß e kleiner Pörzel. Der vordere is am Kopp befestigt un der is auch sehr lang un dick. Aber das is auch gar kein richtiger Zagel, sondern das is seine lange Nas, wo zur Aufnahme zu's Fressen dient un zu's Riechen. Zu diesem Zagel sagt einer auch Rissel. Also eigentlich hat der Elefant ieberhaupt keinem Zagel. Mein Vaterche seine Nas sieht auch so aus wie e Rissel. Meine Muttche sagt, wenn se ihm ärgern will. „Siehst", sagt se, „das kommt davon, weil du immer so fiel Schniefke schnöffst." Mehr weiß ich nich.

Was „Tante Malchen" erzählt

Trautste, beste Nauruschatschen, tuen Se mir die einzigste Lieb an und schabbern Se mir nicht von Teierung vor, wenn Se mal e bische zum Plachandern bei mir reinkommen. Denken Se, ich sitz' auf'm Gehirn oder es is bei mir schon eingetrocknet, daß ich nich weiß, wie se einem bei lebendigen Leib das „Fell" übere Ohren ziehen und sich noch ärgern, daß se die Ohren nich mitkriegen? Ich will mir nich das Leben verbittern, und so lang mir der liebe Gottche die Puhst inne Brust läßt, will ich das Leben vonne heitere Seit nehmen, und wenn es noch so miesepetrich is. Herr des Himmels, glauben Se denn, daß ich vorigten Winter von mein Kohlentopfche runter kam – wenn ich es e'mal warm machen könnte? Glauben Se, ich hab nich gefroren, daß mir die Kniescheiben bibberten; ich hab wohl gemerkt, was der saure Kumst, was die Kartoffeln kosteten und die Magermilch, die ich nie bekam; aber mitleidige Menschen stoppten mir immer was in mein Fuppche; mal e halb Viertelche amerikanischen Speck oder Affenschmalz und so. Das waren denn Festtage. Und ich sagte immer zu mir: Viele Tausend leben noch schlechter wie du, die gnurren und zackerieren – und werden doch auch nich satter – und du, Malchen, bist zufrieden. Darin liegt viel, Nauruschatschen, daß der Mensch zufrieden is und sich nich das wünscht, was einer doch nicht bekommt. Wo Zufriedenheit wohnt, scheint auch die Sonnche, und wenn einer auch hintenraus wohnt und dem leeren Schweinstall vor Augen hat.

Manchmal hatte der liebe Gottche bestimmt, daß ich krank wurd. Na, was fehlte mir da?! Ich konnt dem ganzen Tag ins Bett liegen und sparte dem Kohlentopp. Ich braucht nich viel Kumst zu essen und morgens früh die Fenster aufzumachen, so blieb die Wärme drin. Und denn, Nauruschaten, denn hätte ich doch an Ihnen eine treie Stitze. Sie brachten mir den Ersatzplurksch am Bett; Sie machten mein Stubche rein und haben mir manchmal von Ihre Magarine gegeben, wenn Se auch sonst nich viel übrig hätten. Und da soll ich nich dankbar sein für die Gripp', die angeflogen kam, wie im September der Altweibersommer! Das werd ich Ihnen, trautste Seel, im ganzen Leben nich vergessen, und wenn ich auch emal alt werden sollt. Sie haben sich demWeg zum Himmelche mit Filzuntersätz geflastert und werden sanft und weich emal dort einziehn, wo einer keinem Kohlentopp mehr braucht und keinem Kumst und Bruken.

Und an ein Sonnenstrahlche denk ich noch in große Dankbarkeit und Freide. Das war, als die Armenrätin Frau Bertche Lutkat wie ein Engelche in mein Budche kam und sagte: „Tante Malchen", sagt se, „Sie sind nich vergessen. Wer könnte Ihnen vergessen, wo so viele tausend Seelen erfreut hat! Der Magistrat schickt mir her, damit ich Ihnen alles besorg, was Se nötig haben." – War das ein Glückstag! Wissen Se noch, Nauruschaten, wie fünf Zentner Kohlen, zwei Zentner Briketts und e Klafter Holz vorm Haus standen? Wissen Se noch, wie e halb Pfundche Butter, e Stück Bauchstück, Kunsthonig, Gritz, Graup, Haferflocken un graue Erbsen reinflogen und die Gripp rausflog? Da saßen wir abends am warmen Ofche und spielten, wie früher, Kaschlan, und der Kohlentopp hätte Ferien. Nauruschatschen, wenn Ihr Weg zum Herrn mit Filzuntersätze geflastert is, denn muß der von die prächtige Frau mit Perdeln und Demanten besät sein.

Und da soll ich nich dankbar sein und lachen, wie in frühere Tage?

Nei, wenn auch unser armes Vaterland krank is und dadurch viel Menschen verbittert und schlecht geworden sind, es gibt doch noch Herzen, wo wie e Bergwerk sind und ein Engel von oben runtersteigt und Gold und Silber herauspolkt. Solch ein Engelche war die Frau Bertha, und wohl tausendmal hab' ich ihre liebe Händchens gestreichelt und geküßt. Fünfundzwanzig Mark monatlich hätte mir der Magistrat Armengeld bewilligt und bezahlt auch mein bische Miet.

Da sang ich, wie in frühere Zeiten:

„Juch! Nu hebb öck Fleesch gegäte,
Schwienfleesch hebb öck mal gefräte,
Onn dat Muulwark schnerpst man so!
Rein wie Botter weer de Tunke,
Trane strahlde mi wie Funke,
Onn mien Buuk weer frösch onn froh."

Und da soll ich, trautste Nauruschaten, nich glücklich sein? – Ich weiß, Se missen gehn die Wäsch einweichen, aber warten Se noch e Weilche; ich muß Ihnen noch was versetzen, was ich Sonnabend aufm Altstädtschen Markt inne Augen bekam: Se kennen doch die Schlapnießen, wo mit Kartoffeln aussitzt? Se kennen doch auch neben ihrem Stand de Albutatsche mit das große Maulwerk, mit Tannenhuschchens und Papierblumen? Na, Se wissen, seit Jahre leben die in Feindseligkeit. Am Sonnabend fielen se sich beinah inne Haar, und als die Albutatsche ihr Maul zum Schimpfen aufriß, griff de Schlapniessche in frisch gepflanztes Pferdsobst und schmiß ihr ein Aeppelche ins Maul. „Behole Se em bönne, behole Se em bönne, bött de Schutzmann kömmt," schrie de Johneleitsche von ihrem Schniersenkelkram – „öck si Zeige; dat ös dat corpis delirius! Dat kenn öck! Dat lett sick nich mött Gölt affmake, se mott hucke!" Un richtig, es war emal e Schutzmann da, der die drei Weiberchens notierte. Wie lang die Albutatsche das Obst bei sich behalten hat, weiß ich nich, denn ich müßd so lachen, daß mir die Seiten ganz verschwollen waren, un ich se mit Opendelduck einreiben müßd.

So, nu adjeche. – Sehen Se, Nauruschaten, es gibt doch noch lustige Momenten in diesem kreizgebornen Leben. Vergessen Se Ihren Hausenschlüssel nich und lassen Se sich wieder e mal auf e Plachanderstundche sehn. Na, adcheche! Haben Se dem erschten Mai gefeiert? ich nich; ich saß im mein Kaluttche und schtobbd mir die Strimpf.

Eine ostpreußische Dialekt- und Charakterstudie:

Tante Malchen sucht ihrer Schwestertochter einen Dienst

(Zur Darstellung gehört das unmoderne Kostüm einer älteren Dame. Man vermeide hierin, sowie im Vortrag jede Übertreibung.)

Vor dem Auftritt: Glocke! (Pause.) Glocke, etwas kräftiger! (Pause.)

Hinter der Szene: Nei! Nei! Nei! Wenn ich in diesem Haus komme, muß ich immer klingeln un klingeln. – Es hört wieder keiner nich. (Glocke, sehr kräftig.)

(Hinter der Szene vom Darsteller zu sprechen:) „Na, da sind Sie ja wieder und wieder machen Sie solchen Skandal? Was treibt Sie denn schon wieder hierher?"

„Heern Se, Herrche, liebes, ich möcht gern mit die Herrschaft reden, wo eine Anzeig in die Zeitung stehen hat."

„Nun, gehen Sie nur dreist hinein und klingeln Sie nicht so wie nicht klug."

„Ich dank Ihnen, mein Herzche! Heute sind Sie gar nich so eklich, wie zuletzt, wo ich hier war – (die männliche Stimme wird undeutlich.) (Tante Malchen tritt ein.) Na ja, ich dacht mir doch schon, daß keiner hier war, na, denn werd ich warten, bis wer kömmt. (Setzt sich.) Ich hab nämlich im Blatt gelesen, daß hier ein Mädchen inne Wirtschaft gebraucht wird und da wollt' ich mir melden. – Nei, nei, nich für mich, denn ich hab lang ausgedient, aber für meiner Schwestertochter, was die älteste Schwester von meine Tochter – ach Gott ! was schabber ich da – was die älteste Tochter von meiner Schwester vorstellt ! Na ja ! ich hab' mir man bloß verheddert. – Sie is jetzt eingesegnet un in das Aelter, wo einer doch nu arbeiten und dienen muß. Ich weiß, es is nich leicht, seine Füße unter einen fremden Tisch zu stechen; ich hab auch Zeit meines Lebens meine Füße unter einen fremden Tisch gestochen, aber das geht ja e mal im Leben nich anders. Die sind zu's Herrschen geboren und die zu's Dienen und wenn ich der Merjell ein Stellche besorgen kann, wo se sich nich so abzurackern braucht, ich tät es zu gern. Se is e hübsche Merjell, se is e nette Merjell, se is mit einen Wort gesagt: mir wie aus die Augen gerissen ! Und wenn ich der Krät anseh, denn steht meine eigene Jugend mir immer vor meine innere Augen: Wie ich so in das Aelter war, oder auch schon e paar Jahrchens drieber, da diente ich hier in Königsberg inne Tragheimer Pulverstraß beim Herrn „intermistisch, stellvertretenden Vizeappellationsgerichtsrat". Der Kerl hätt so e lange Tittlatur ! Er hätt eine Visitenkart anne Tür genagelt, oder seine Tittlatur war so lang, er müssd noch mit Kreid e End weiter schreiben. – Er war ein netter Mensch; zu ihm sagt ich man bloß immer: „Herr Rat !" oder zu ihr – Allmächtiger ! da müssd ich immer „Gnädige Frau Rätin" sagen. Einmal vergalloppierd ich mir und da nennt ich ihr „Madamche !" Erbarmen Se sich, wurd' se da aber obschternatsch: Se plustert sich auf, wie e Kurrhahn, wenn ihm e roter Lappen vorgehalten wird. Und denn überschlug se sich förmlich vor Boß mit die Red, denn sprach se immer überwendlich: „Daß ich Madamchen bin", sagt se, „das weiß ich", sagt se, „aber für Ihnen", sagt se, „bin ich", sagt se, „de gnädige Frau Rätin", sagt se. „Herrjeh !" sagt ich, „Madamche, das kann ich ja denn auch sagen, es is ja man ein Maulaufmachen !" – –

Na, nu hätten die beide so e Masse Bäljer, und denn mußd ich bei schön Wetter mit die Kinder inne Pulverstraß auf die Sonnseit spazieren gehn; ich müssde ihnen auslüften ! Denn die Gnädge sagte: „Führen Sie den Kindern in der Luft !" –

Ein Kindche hätt ich im Korbwagche, ja, so e modernes, mit Verdeck und mit 'ne blaue Gardin vor und aufm Wagen lag e dicke Deck mit e eingesticktes Mono . . . pol – ja, – herrjehs ! – ein Kind hätt ich zu tragen aufm Arm, einem Jung hätt ich anne Hand, ein Jung riß mich immer die Falten aus'm Rock, und ein Krät lag immer im Rinnstein. – Wenn ich nu mit dem Jung, was immer im Rinnstein lag, zu Haus' kam, dann sagte die Frau Rätin, mit dem überwendlichen Ton: „O Gott ! o Gott !" sagt se, und denn schnuppert se immer so mit die Nas', wie e Kaninche, wenn es Beetenblätter frißt, „o Gott !" wo sind Sie mit das Kind gewesen? Das Kind is ja so drecklich und riechen tut es – o Gott !" „Ja", sagt ich, „gnädige Frau, wir hier in Königsberg haben es noch nich so weit gebracht, wie die in Kölln, wo sie dem Rinnstein mit Odekolonj ausspielen; der Jung fielt sich doch da immer rum, un wo ich doch die Händ voll hab !" – – „Na, denn möcht ich doch bitten", sagt se, „daß Sie sich", sagt se, „mit das Kind", sagt se, „besser in Acht nehmen", sagt se. „Na ja", sagt ich, „das kann ich denn ja auch !" Nu nahm ich mir in Acht, nu hielt ich dem Jung, was die Neigung nach unten hätte, so fest anne Hand, daß ich ihm zwei Hühneraugen auf'm Daumen aufgedrückt hab, aber dafür fiel nu der andre rein – ja, Abwechslung erhält das Leben frisch. – – –

Nu kam denn so um die Mittagszeit, wenn die Fabriken Mittag machten, immer so ein netter Mensch und blieb gern bei de Kinder stehen. Er hätte so eine Ballongmütze auf und über eine Blus ein Lederriemen mit ein gelbes Schloß; ich glaub, er war Faktor in einen Biergeschäft, denn er kaute immer Pfropfen; er streichelte die Kinder immer die Backchens und das Haar und sagte immer zu mir: „Nei reizend, nei, aber so trautst !" und so – und, heeren Se, damit meinte er immer mir ! Denn so was merkt doch bald ein Pferd; ich hab es ja denn auch bald bemorken! – Und wie wir nu so mehr begäng wurden, sagte er einmal: „Freileinche !" – er sagt immer „Freilein" zu mir, „Freileinche, möchten Sie nich mal im Theater gehn ?" „Ach Gott", sagt ich und zierd mir e bische, „wenn die „Gnädge" mir erlauben tut", sagt ich, und denn sprach ich auch immer „*überwendlich*“, genau so, wie die Frau Rätin – „denn könnt’ ich ja; am Sonntag hab ich meinen Ausgehtag und denn, herrjehs, ja!“ – „Na“, sagt er, „denn werd ich zwei Billjettchens für die Bullerlosch nehmen und bring se Ihnen“. Und richtigen Gott! er bringt se auch, und ich geh nu in die dramatische Irrenanstalt! Und das war die erste Niederträchtigkeit, die er mich angetan hat: *er war nich da*! Er ließ mir allein, wo einer, wenn einem was gefällt, einer gern doch einem bei sich hat, daß er ihm dulksen kann vor Freud – ich hätte aber keinem nich zu dulksen und wischd mir bloß vor Boß die Tränen – da unten auf die Bühn, da bölkten so wie dammlich – ich hab gar nuscht verstanden, weil se immer so viel Musik dazwischen machten und fand denn e Zettel auf die Erde liegen, drauf war zu lesen: „*Der dritte Akt spielt ein Jahr später*!“ „Na, nu is richtig!“ sagt ich, *ich kann doch wegen dem dammligen Kerl nich ein ganzes Jahr auff die Bullerlosch hucken und auf ihm lauern, bis es ihm paßt, mir als Leiche in abführender Weise zu behandeln*. – Ich ging weg. – Ich hätt’ mir so nett ihm zu Ehren angezogen: einem neuen, weißen Burnuß hätt’ ich umgenommen; einen Kaschemierburnuß – ja – ich hätt’ ihm billig gekriegt; ich weiß nich, was ich gegeben hätt: siebente oder achtehalb Mark, ich will nich lügen, ja, sonst kost er an die dreizehn – er war aber ein paar Tag im Schaufenster gewesen, und da war er e bische von die Sonnche ausgezogen und die Lagen waren zu kennen; sonst hätt ich ihm so billig nich gehabt. – Nu war so finster, und ich komm inne dritte Fließstraß, da hat doch der Schmiedemeister Weschkallnieß ein Wagenrad vor die Tür liegen lassen, und im Finstern stolper ich doch und setz mir mit meinem weißen Kaschemierburnuß auf dem teerigen Rad rauf. – Ja, ja, wenn der Mensch nuscht haben soll, verliert er noch sein Letztes! – Nu sagten mir die Leut, ich sollte man dem Teerfleck mit Butter ausmachen; das machd ich denn auch: drittehalb Pfund hab ich reingekleistert und richtigen Gott! der Teer ging raus – oder der Butter blieb drin! – Wenn ich mit dem

Burnuß inne Sonnche ging, drippd ich immer Fett; sie nannten mir schon in die ganze Straß: die fettfleckige Jungfrau. – Ja, ja, es war ein Elend! – ich trat auch aus'm Dienst, weil ich absolutemang dem Jung nich aus'm Rinnstein rausbekam – er es auch später nach Kiel zur Maräne gegangen, weil er immer so das Feuchte geliebt hat! – mit ihm hätt ich mir auch auseinander begeben, weil er mir allein auf der Bullerlosch gelassen hat und da hab ich mir ein Stubche gemiet und bin in ein Leinengeschäft gegangen, wo ich für das überall was eingestickt hab, weil ich in alles sticken könnte, bloß nich in marmorene Tischplatten – ich hab fleißig gearbeit, Tag und Nacht, ich hab mir (zeigt auf das Handgelenk) die ganze Popill verrenkt; aber das schadt nuschd; ich bin immer ehrlich und anständig gewesen; ich bin immer dem Weg der Tugend gewandelt – ich hab ihm ganz breit getreten – und werd auch dafür sorgen, daß meine Schwestertochter in mein Fußschtapfen treten soll. – Die Herrschaft scheint doch wohl nich zu Haus' zu sein – ich hab aber mein Herz wieder erleichtert und mir e bische ausgeschabbert. – Morgen is ja auch noch ein Tagche, da werd' ich noch einmal anfragen! –

Indem ich mich Ihrer ferneren Wohlgewogenheit ganz ergebenst empfohlen zu haben die ganz besondere Ehre und das noch besondere Vergnügen gehabt haben möchte! – Das hab ich einmal wo gelernt! –

Na, guten Abendche! (ab.)

Tante Malchen auf Wohnungssuche

(Zur Darstellung gehört das unmoderne Kostüm einer älteren Dame. Man vermeide hierin, sowie im Vortrag jede Übertreibung.)

Vor dem Auftritt: Glocke! (Pause.) Glocke, etwas kräftiger! (Pause.)

Ach Gott, ach Gott! Da steht einer und steht einer und klingert und klingert! – es hört keiner nich! – es scheint so, als wenn se da drin auf die Ohren sitzen; – einer steht sich rein die Beine ins Leib ! – Ach was, ich klinger noch e mal !

(Glocke, sehr kräftig !)

(Hinter der Szene – vom Darsteller zu sprechen:)

„Sagen Sie mal, was wollen Sie eigentlich hier ?“

„Na, rein will ich, und wenn einer rein will, muß einer doch rein wollen ! Na nich ?“

„Ja, das ist richtig, aber Sie machen ja einen solchen Skandal, daß der ganze Flur zusammenläuft, wie saure Milch !“

„Ach, machen Se doch Ihre Witzen für Ihnen allein. – Ich kann darüber garnich lachen und wenn Se mir auch kitzeln !“

„Ich verbitte mir solche Redensarten !“

„Was haben Sie sich zu verbitten; ich will rein, und damit bastjahn !“

„Sie haben hier nichts zu suchen; daneben ist ein großer Saal und der ist voll !“

„Wenn er voll is, denn lassen Se ihm doch reinmachen !“

„Das ist eine Unverschämtheit – –“

„Was, Unverschämtheit ? – Na, hören Se, ich bin auch nich auf die Straß gefunden, und nu geh' ich grad rein, verstehn Se !“

(Ttritt ein.)

„Herrjehs, herrjehs ! Was hab ich mir geärgert ! Das is mir in die Glieder gefahren, ich muß mir e bische hinsetzen. (Setzt sich.) Ach ! ach ! – huchche ! Na, sehn Se, nu hab ich es wieder ! – Nu krieg ich wieder meine Zuständ ! Na, so ein Labommel ! Hält mir der Gnubbas zurück, wo ich rein will ! Nu kann ich schimpfen, hier kann er mir nuscht mehr tun ! Ach ! ach ! – huchche ! Wenn ich mir ärger, bekomm ich immer sone Stiche hier in die Gegend (deutet unterhalb des Herzens), wenn ich mir so alterier ! Denn krieg ich immer meine Zuständ – und immer in die Gegend ! Ich hätt es schon im vorigten Jahr; da ließ ich mir untersuchen – es war mir rein schenierlich – der Herr Dokter war man noch so e junger Mensch, und denn sagte er zu mir: Freileinche, sagte er, nehmen Se sich in Acht, sagte er, Ihre Nieren, sagte er, begeben sich auf der Wanderschaft, sagte er.

(Pause.) Ich muß ein bische verreiben, denn wird mich immer besser. (Öffnet das Kleid, benetzt einigemal die Finger und reibt die schmerzende Stelle.) So, nu is wieder e bische besser, wenn so das Blutche in Wallung kommt. (Pause: während sie das Kleid schließt.) – Ja, was ich doch sagen wollt – das war auch nich gelogen – ach ja! – Ich hab' nämlich inne ... Zeitung— (zu lokalisieren) gelesen, daß hier ein Wohnungche zu vermieten is, un ich möcht' mir gern die Gelegenheit besehn. – Ich muß nämlich ausziehn, denn in meine Wohnung is so feucht – hinterm Schaff und unters Bett da is es so feucht, da wachsen schon Pilzkens – Gelböhrchens und Rietzkens! – und ich hab so einen Refferendarius in die Beine ... Und der Krät is so unruhig! Menchsmal sitzt er in ein Knie und menchsmal ins andere; ich ich hab schon alles nur mögliche gebraucht, aber er is nich rauszukriegen; ich hab mit Bernsteinpulver geräuchert – ich hab' mit Oppedeldock eingerieben, aber der Herr Dokteraptheker sagt: Freileinche, sagt er, Oppedeldock is doch blos dazu da, sagt er, wenn einer Kreuzschmerzen haben will! sagt er – ich hab' sogar Rabarber eingenommen, aber es hilft alles nichts nich! Nu möcht ich gern e trockenes Wohnungche haben. Ich brauch' nich viel; wenn ich ein kleines Stubche hab mit die notwendigste Möbels, bin ich zufrieden; ein Bett brauch' ich garnicht – ich hab mein eigenes; erbarm' sich, ja! ich hab mir Zeit meines Lebens nie nich in ein fremdes Bett gelegt! Gott bewahr! ich hab mir die Einschüttung selbst genäht – mit Lederecken – es stöwert ja doch menchsmal, wenn einer die Betten kloppert; ich hab auch zweimal zu beziehen – ja, erbarmen Se sich! – Früher hätt' ich man ein hölzernes Bettgestell, aber das hab ich mir abgewöhnt, denn in die hölzerne wird es manchmal so labendig, da kann einer nehmen: Gurkensaft oder Zacherlin oder Petroleum, die sind auch nicht rauszukriegen wie der Refferendarius; jetzt hab' ich aber ein eisernes, zum Zusammenklappen! Ach Gott! Die eiserne sind so praktikabel, blos eins is unangenehm, wenn einer sich raufsetzt, klemmt einer sich immer; ich bin schon ganz braun und blau gesprenkelt am ganzen Kadaver. – Ich hab' lauter braun und blaue Flecken! Aber wie doch immer die Menschen ihre Witze machen mit 'ne alleinstehende Figur, da sagten se denn: ich sollt' mir man die Flecken mit Fleckenseif auswaschen! Ja, die Menschen! – Wenn einer in ein gewisses Alter kömmt, denn kömmt einer sich so vor, wie 'ne schwedische Schachtel Streichhölzchen – Alles reibt sich an einem! Alles reibt sich an einem! Aber das war nicht immer so, ich war in meiner Jugend auch eine ganz nette, druggliche Margell; ich brauch mein Licht nicht unterm Hektoliter zu stellen. – Aber wenn ich an meiner Jugend denke, da fällt mir was ein; da muß ich Ihnen auseinander posamentieren: ich war vor einige Zeit bei eine bekannte Familie eingeladen zu so e labbrigen Tee! Na, einer muß doch hingehen, weil einer sich mit die Freundschaft nicht überschmeissen will! Da geben sie einem denn so ein Spülwasser zu trinken und dazu ein Happche Butterbrot; da wird einer immer blind, weil einer nicht die Butter drauf erkennen kann, und dann legen se so ein Schelwerche Schinken drauf und dem recken se mit dem Messer noch so aus, damit er man dem Brot bedeckt, und das nennen se denn Tee und Abendbrot. Und das Dammlichste is noch, daß einer die Merjell noch e Achthalber Trinkgeld geben muß, so viel is der ganze Tee und Abendbrot nich wert. – Nu war schon spät, wir hatten so lang plachandert, und sie wollten mir durchem Mädchen zu Haus bringen lassen; ich sagte aber: nei! nei! sagt ich, lassen Sie mir man ganz allein gehen, mir tut Keiner was! Ja, früher, wie ich noch jünger war, – herrjeh! aber jetzt sieht mir keiner mehr an! Und richtig! sie lassen mir auch allein gehen, und wie ich ein End gegangen bin, kommt mir ein Mensch nach, der hat sich in mir versehn. Ich halt mein Tuchche vors Gesicht und geh meinen Stiebel weiter; endlich hält er mir an und sagt: „Sie gehen so alleine, Freilein; ist das nicht gefährlich für ein junges Mädchen?" – „Junges Mädchen" sagt er zu mir! „Wenn Sie erlauben, möchte ich Ihnen in aller Ehrbarkeit und Würdigkeit zu Haus bringen!" und da standen wir grade unter einer großen Litterne, und ich nehme mein Tuch vons Gesicht, er sieht mir an, reißt aus und schreit: „Gott, erbarm' Dir! so e alte Schachtel!" – ich mußt auch so lachen, daß ich dacht', ich bleib gleich. – Wie ich nu dem andern Morgen aufwach, muß ich mir doch verkühlt haben, denn ich war wie zerschlagen. Ich ging zum Herrn Sanitätsrat und ließ mir untersuchen, denn ich dachte, ich bekomme einen Tifuß oder einen andern schlimmen Fuß, oder so was! „Nei", sagt der, „so was kriegen Sie nich, Sie haben sich man blos den Magen verrenkt (gewiß von dem labbrigen Tee mit ohne Butterbrot); Sie müssen ein Fläschche Rotwein zur Stärkung trinken!" – Hören Se – Rotwein! Zeit meines Lebens ist so eine rote Tint nicht in meine Bud' gekommen; aber ich kaufte mich doch ein Fläschchen für $7^1/_2$ Silbergroschen, und der Kaufmann sagte, ich soll ihm man ein bischen im Warmen stellen, damit er dem richtigen Temperament kriegt! Nu stell ich ihm 14 Tag aufm Fenster inne Sonn, und wie der Herr Sanitätsrat kam und ihm probierte, spuckte er ihm aus und sagte: „Das is ein Zeug, damit können Sie Ratzen vergiften; dem können Sie nicht trinken, der schad't Ihnen!" Nu war mein schönes Geld weggeschmissen: (weint) – wenn der Mensch nuscht haben soll, verliert er auch sein Letztes! (heiterer) Aber eine befreundete Familie schenkte mir ein Fläschchen Rotwein, und auf dem Etikwette stand: Schatauks! Bordauks! Margauks! – Aber dem stellte ich nicht in der Sonne, dem stellte ich unter mein Bett, wo die Pilzkens wachsen – im Feuchten. Wie der Herr Doktor kam, hat er ihm auch wieder probiert; er goß sich ein Glasche voll, nahm ein Schlubberche und sagte: „Hum! Hum! Hum!" Er kaute ihm rein, als wenn er Bindfaden aß; denn trank er noch ein Glasche, und zuletzt setzte er sich an meinen Tisch und lutscht mir de ganze Buddel aus; und wie er ihr ausgelutscht hätte, da sagte er: „Von dem Wein können Sie trinken, der schadet Ihnen nuscht!" So ein niederträchtiger Kerdel. – So, nun hab' ich mein Herz ausgeschüttet; die Herrschaft kömmt wohl heute nich zu Haus, da muß ich also noch ein Hausche weitergehen, vielleicht find ich doch noch eine passende Wohnung?!

Na! Gute Nacht.
Adcheche!"

Die Reise nach Lixeiden

Eigentlich ist es eine ganz belanglose Geschichte, die ich erzählen will, aber die Art und Weise, wie die Menschen sich hier bewegen, wie sie sich um anderer Leute Dinge, ja, um ungelegte Eier, möchte man sagen, lang und breit auslassen – in ihrer bedächtigen, gemütlichen Art –, das ist so typisch für die Ostpreußen, daß selbst der Fremde sofort die östliche Atmosphäre spürt und schmunzeln muß.

Ein junges Mädchen war früh am Morgen von Neukuhren mit der Samlandbahn gefahren. Sie hatte viel Gepäck bei sich, einen Koffer, einen Korb, eine Hutpaudel und noch ne Lischke. Alles hatte sie vorsorglich um sich herumgestellt, damit ihr ja nichts abhanden komme. Von Zeit zu Zeit zählte sie sogar die einzelnen Stücke.

Eine halbe Stunde war sie vielleicht gefahren, als sie plötzlich unruhig wurde, und schließlich richtete sie an den einen der beiden gegenübersitzenden Männer die Frage:

Ach, verzeihen Sie, können Sie mir nicht sagen, wenn Lixeiden kommt? Ich muß in Lixeiden umsteigen.

Lixeiden? – Das is all vorbei.

Erbarmung, ich wollt doch in Lixeiden umsteigen. Kommt denn nich erst Kalthof und denn Lixeiden?

Wenn Sie von Königsberg kommen, ja, aber wenn Sie von Kuhren kommen, nein. Wir sind all durch Lixeiden. Auch durch Kalthof durch.

Ach nei, ach nei, was wird nu? Was mach ich bloß? Ich muß doch bis Uhre elf in Lixeiden sein. De Tantche is krank, und all ihre vielen Keichelchens und Entchens. Und wo noch so nach Regen aussieht! – Ich bin bloß in Kuhren inne Doktoraptek jewesen, wissen Sie.

Ja, Fräuleinche, denn müssen Sie eben in Pobethen umsteigen und mit dem nächsten Zug wieder zurückfahren. –

In diesem Augenblick pfeift auch gerade der Zug, und der Schaffner ruft: Watzum-Pobethen!

Das Mädchen rafft schnell ihre ganze Backebeer zusammen, der Fremde hilft ein bißchen, und schon ist sie draußen, der Zug fährt weiter.

Da sagt der andere, der bislang den Mund nicht aufgetan hatte:

E reizendes Marjellche, was, Emil?

Der Emil grunzt sich was in den Bart, man weiß nicht, ist es Zustimmung oder Ablehnung. Der andere fährt fort: Nu möcht ich bloß wissen, wie die bis Uhre elf nach Lixeiden kommen will?

Wieso?

Na, jetz is sieben durch, und der nächste Zug der jeht doch erst um zwei.

Ach, Donnerjanocheins! – Die arme Marjell! – Aber weißt, das is nich so schlimm. Denn huckt sie sich innen Bus rein und fährt eben nach Pobethen. Ja, und denn jeht sie den Landweg über dis aufgeteilte Gut – wie heißt das doch man? – Äh, du weißt doch, wo immer der Briefträger jeht! Ja, da kann sie gut in zwei Stundchens dort sein.

Da soll sie die ganze Zeit den Koffer schleppen und auch noch die Paudel und den Korb?

Sie kann ja auch erst nach Pobethen mit dem Bus, und denn jeht sie auffe Chaussee bis Bahnhof Rantau-Pobethen. Und denn fährt sie mit dem Zug nach Neukuhren. Ja, so macht sie es. Das is tadellos. Da jeht ein Zug um halb elf, und von Kuhren nach Lixeiden muß sie denn wieder zu Fuß. Na, wie lang wird das dauern, e Stundche vleicht?

Das wär je ganz schön, wenn se man Geld hat.

Zu was soll die kein Geld haben?

Ei, wenn sie nich hat, was denn? Denn muß sie zu Fuß jehen.

Erbarm dich, Menschche, die wird doch nich zu Fuß jehen, das hat die doch gar nich nötig.

Ei, wenn sie am End wird müssen?

Schabber nich so dammlich, die hat doch Jeld! Jeld wie Schiet hat die!

Von was weißt du, daß sie Geld hat?

Na, ich kenn ihr doch. Is doch die Halbkusine von Supplieths Lene.

Was du nich sagst? Aber *ich* sag dir, sie jeht doch zu Fuß, weil sie kein Jeld hat. Wetten?

Ja, auf was?

Auffe Lag Bier.

Aber gutes Bier, Duche, Ponarther Dunkles.

Meinswegen auch Ponarther Dunkles. – Also: *Ich sag, sie hat*

Jeld und fährt mit der *Bahn*!

Und *ich* sag, sie hat *kein* Jeld und jeht zu *Fuß*!

Und *ich* frag morgen Supplieths Lene, ob sie mit der gekommen is! –

Und *ich* weiß von allein, daß sie zu *Fuß* gegangen is.

Von was willst das wissen?

Na, sie hat doch ihr Täschche verjessen, da, wo es liegt!

*

Ein Pillkaller ... zweistöckig!

Auf der Königsberger Messe gesellte sich am Abend im Messe-Hauptrestaurant eine Dame zu einem behäbigen Herrn, der eifrig eine riesige Portion Schweinebraten verdrückte. Als er sein Mahl beendet hatte, begann er mit seinem Gegenüber ein Gespräch:

„Ach, Sie sind wohl aus Königsberg?"

„Ja."

„Ich bin aus Pillkallen. – Kennen Sie Pillkallen?"

„Nein."

„Ich bin zur Messe hergekommen, aber ich habe noch nuscht gesehen!"

„Dann müssen Sie sich aber beeilen, morgen ist der letzte Tag!"

„Ja, richtig, denn wird Zeit. Denn werd ich morgen hingehen. Schön ist hier. In Pillkallen ist auch schön, aber nicht sooo schön. – Ich bin sehr für die Gemütlichkeit. – Wissen Se, was ich möcht?"

„Nein."

„Heiraten möcht ich. Aber Sie sind mir zu jung. Das heißt, zu jung sind Sie mir auch wieder nicht. Sie sind so um die achtundzwanzig herum, was? – Aber ich bin Ihnen sicher zu alt. Ich bin Achtundachtziger. Ich mein, achtundachtzig geboren. – Ach, wissen Sie, schön ist bei uns in Pillkallen."

„Sie haben wohl ein Gut?"

„Nein, 'nen Krug. Aber ich hab' auch noch 25 Morgen. Ich möcht' Ihnen wohl nicht gefallen, was?"

„Ich denk gar nicht ans Heiraten!"

„Nanu! Zu was nicht! Heiraten ist doch besser! – Was is, Sie wollen all gehn?"

„Ja."

„Hm. Groß sind Sie auch! Das lieb ich. Wo hatten Sie das bloß alles, wie Sie saßen? – Schade, schade, daß Sie nicht noch e bißche bleiben! Ei, wie is mit morgen, könnt' einer sich da nich per Zufall wiedersehen?"

„Das geht leider nicht."

„Schade, schade. Na, denn gute Nacht, Fräuleinchen!"

„Gute Nacht!"

„Herr Oberchen, noch ein Helles! – Rennen Sie nich gleich weg! Und einen Pillkaller, aber zweistöckig!" –

Marjellchen geht einkaufen

Personen: Hanne Schneidereit; der Verkäufer, Rheinländer

Hanne: n'Abend! Erbarmung!! Schon so spät – gleich sechs!

Aber mir verkaufen Sie noch was, ja?

Verkäufer: Natürlich, Fräulein.

Hanne: Wissen Se, ich stand nämlich mit der Frau Schmitz an der Eck', und da haben wir so lange plachandert. Na, nu man fix! Ach du liebe Zeit, wo hab ich denn nu wieder meinen Zettel? (kramt in ihrer großen Tasche) Ich hatt' mir noch extra alles auf ne Papierserviette geschrieben, damit ich nichts vergess'. – Na so was! Da hat sich doch sicher mein Heinrich de Nas' mit geputzt! Na, denn is auch egal! Also, erst mal brauch ich zwei Pfund Farin.

Verkäufer: ... Farin?

Hanne: Ja, zwei Pfund!

Verkäufer: Farin??

Hanne: Ja, Farin!!

Verkäufer: Dat tut mir leid, Fräulein, Farin führen wir nicht.

Hanne: Na, ich denk, Sie sind ein Kolonialwarengeschäft?

Verkäufer: Jawohl, dat sind wir. Müller & Co.

Hanne: Angenehm, Schneidereit, Hanne Schneidereit.

Verkäufer: Bitte sehr, Fräulein Schneidereit, freut mich sehr, Fräulein Schneidereit – aber, mit Farin kann ich Ihnen nicht dienen.

Hanne: Na, hören Se mal! Bei uns zu Haus hat jeder kleine Laden Farin. Farin wird doch in jedem Haushalt dauernd gebraucht.

Verkäufer: Es tut mir leid, hierzulande wird es wohl sehr selten verwendet. Bei uns ist das überhaupt noch niemals verlangt worden.

Hanne: Aber Mannche, das ist ja wohl nicht Ihr werter Ernst! Trinken Sie denn keinen Kaffee?

Verkäufer: O doch, natürlich, da kann ich Ihnen sogar sehr preiswerte Angebote machen. Unsere erste Sorte, Guatemala-Santos-Mischung, in eigener Rösterei, täglich frisch ...

Hanne: Nei, nei, das mein ich nicht. Ich fragte, ob Sie selber Kaffee trinken?

Verkäufer: Doch, sonntags manchmal.

Hanne: Nur sonntags?

Verkäufer: Naja, auch mal alltags, gelegentlich.

Hanne: Na, denn nehmen Sie doch sicher auch Farin dazu?

Verkäufer: Nein, ich trinke immer reinen Bohnenkaffee ohne

Zusatz, aber ich könnte Ihnen dann unsere Spezialmischung „Original-Karlsbader-Kaffeezusatz“ empfehlen, in Originalpackung zu 250 Gramm. Das ist allerdings kein Farin, aber ...

Hanne: Mannche! Sie verstehen mich nicht. Wenn Sie Kaffee trinken, dann kommt da doch noch was rein?

Verkäufer: Nein, ich trinke nur schwarzen Kaffee.

Hanne: Bitter?

Verkäufer: Nein, süß.

Hanne: Na, endlich! Also süß! Und da nehmen Sie doch sicher keinen Süßstoff, sondern Farin?

Verkäufer: Nein, nur feinen Kristallzucker.

Hanne: Also doch Farin! Herrschaft noch emal, das *ist* doch Farin!!

Verkäufer: Ach so ...! Entschuldigen Sie schon, Fräulein Schneidereit, ich bin nicht von hier und ich bin auch noch nicht lange hier und den Verkehr mit Ausländern noch nicht so gewöhnt.

Hanne: Mit Ausländern? Hören Sie, Herrche, ich bin eine gute Deutsche! Wenn Sie es genau wissen wollen, ich bin in Ostpreußen zu Hause, aber da nennen wir manches anders als Ihr hier am Rhein.

Verkäufer: Was Sie nicht sagen, aus Ostpreußen! Na, das hätt ich wissen sollen! So, bitte, hier der Zucker – der Farin. Was darf es sonst noch sein?

Hanne: Ja, warten Sie, was brauch ich noch? – Glumse!

Verkäufer: Wenn ich jetzt wieder sage, daß wir das nicht führen, dann stimmt's womöglich wieder nicht. Würden Sie so freundlich sein, mir das mal zu übersetzen?

Hanne: Naja ... wie soll ich Ihnen das übersetzen? Glumse ... Glumse ... das ist ..., ja, wie kann ich Ihnen das verständlich machen? Glumse, das ist ... ja, das ist das Dicke von der Kuh!

Verkäufer: Das Dicke von der Kuh?? Meinen Sie vielleicht Kuheuter?

Hanne: Nein, nicht der Pompadur, was *drin* ist, und denn dick wird!

Verkäufer: Ah! Dicke Milch?

Hanne: Nein, noch e bißche dicker.

Verkäufer: Ach, Quark!!

Hanne: Na, erlauben Sie mal, ich rede doch keinen Quark!

Verkäufer: Wieso? Ach so, nein, natürlich nicht. Ich meine, das, was Sie „Glumse" nennen, das heißt bei uns Quark.

Hanne: Hat man sowas schon gehört? – Na schön, also denn Quark.

Verkäufer: Ganz frisch, wieviel darf es sein?

Hanne: Ein Pfund, bitte.

Verkäufer: Sehr wohl, gern.

Hanne: Wissen Se, das ist aber anstrengend bei Ihnen einzukaufen, und ich brauch noch mehr. Haben Sie Stritzel?

Verkäufer: Wahrscheinlich.

Hanne: Was heißt „wahrscheinlich"? Entweder Se haben oder Se haben nicht.

Verkäufer: Wir werden schon haben! Soll das so ein langes weißes Brot sein, mit Rosinen drin und süß?

Hanne: Ja! Das ist richtig. Also haben Sie doch schon was von den „Ausländern" gelernt.

Verkäufer: Wir nennen das „Platz"!

Hanne: „Platz" nennen Sie das? Na, das ist ja zum Platzen! (kichert)

Verkäufer: Klingt beinahe wie „Fleck", nicht wahr? Wie Königsberger Fleck.

Hanne: Ach, Sie'che, da bringen Sie mich auf eine gute Idee. Fleck! Haben Sie Fleck?

Verkäufer: Oh, natürlich! In Dosen zu einem halben und einem Pfund.

Hanne: Ach nei, lassen Se doch mal sehen.

Verkäufer: Original Königsberger Fleck. Eine Mark zwanzig die kleine Dose, die große 1,90.

Hanne: Was Se nicht sagen! Na, denn packen Sie mir mal zwei halbe Dos'chen ein.

Verkäufer: Bitte sehr.

Hanne: Und dann merken Sie sich mal: Es heißt nicht der Fleck, sondern *die* Fleck! Das müssen Sie Ihren Kunden sagen, und dann müssen Sie auch wissen, wie man die Fleck ißt, damit sie richtig schmeckt. Also, möglichst heiß in einer Tasse oder auf einem Teller, ein bißchen Essig dazu und ordentlich Majoran drauf, manche nehmen auch noch e Klack'sche Mostrich dran. Wem das nicht schmeckt, dem ist nicht zu helfen.

So, nun rechnen Sie mal zusammen, und dann tun Sie mir das alles hier in meine Lischke.

Verkäufer: (rechnet) ... macht zusammen 6,40. Danke sehr. (gibt Geld zurück) ... 6-40 – 50 – 7 – 8 – 9 – 10 DM, bitte sehr.

Hanne: Ach, sagen Sie mir doch noch schnell, wo der nächste Fleischer wohnt. Ich muß zu morgen noch einen Ochsenzagel kaufen.

Verkäufer: Bitte, gleich schräg rechts gegenüber.

Hanne: Danke sehr, auf Wiedersehen. Und vergessen Sie nicht, die Fleck gut heiß zu machen. (geht ab)

Verkäufer: Auf Wiedersehen, Fräulein Schneidereit, auf Wiedersehen! Mein Himmel, was ist die deutsche Sprache eine schwere Sprache!
Was ist denn nun wieder ein „Ochsenzagel"??

Die Karten lügen nicht

Personen: Frau Marder, Kartenlegerin (ölig, halb gebildet); Frau Schimkat, Ostpreußin, einfältig

Frau Marder: Wie ich Ihnen schon sagte, meine liebe Frau Schimkat, über'n kurzen Weg liegt Geld fürs Haus. Sehen Sie selbst: Herz As – daneben Karo 10 und Treff Junge. Was wollen Sie mehr!?

Frau Schimkat: Ja, ja, ich sch, möcht bloß wissen, woher! Steht das nicht auch inne Karten?

Frau Marder: Wollen mal sehen? Spielen Sie Lotterie?

Frau Schimkat: Bis jetzt noch nicht.

Frau Marder: Nein, nein, Lotterie ist es auch nicht. Vielleicht 'ne Erbschaft zu erwarten?

Frau Schimkat: Wen sollen wir beerben?!

Frau Marder: Lassen Sie nur, Beste, ich sehe schon, die Erbschaftskarte liegt viel zu weit hinten. – Wie steht's denn mit Fußball?

Frau Schimkat: Erbarmung, ich spiel doch nicht Fußball.

Frau Marder: Aber, aber, meine Teure, ich meine doch, ob Sie vielleicht im Fußballtoto gewettet haben?

Frau Schimkat: Letzten Sonntag zum ersten Mal, ganz klammheimlich!

Frau Marder: Na, und?

Frau Schimkat: Ih, es war nuscht! Einer versteht ja auch zu wenig von die ganze Fußbalgerei.

Frau Marder: Das macht nichts. Die dümmsten Bauern haben die dicksten Kartoffeln.

Frau Schimkat: Ja, ja, meist ist es ja so.

Frau Marder: Ehe Sie den Schein ausfüllen, müssen Sie vor allem immer die Karten befragen.

Frau Schimkat: Haben *Sie* denn schon mal gewonnen?

Frau Marder: Hm ... meine „Prospekte" standen noch nicht richtig.

Frau Schimkat: Was für Prospekte?

Frau Marder: Meine Gute, kommen Sie aus dem Hinterwald? Haben Sie noch nie was von Horoskop gehört?

Frau Schimkat: Nein, bis jetzt ließ ich mir immer aus dem Kaffeegrund wahrsagen.

Frau Marder: Intelligente Person wie Sie befragt die Sterne. Die lügen nicht!

Frau Schimkat: Und die Karten?

Frau Marder: Die auch nicht. Das geht alles Hand in Hand. Sehen Sie mal weiter ... aahhhh! Was ist denn das? Freudiges Ereignis fürs Haus?

Frau Schimkat: Erbarmung, Frau Marderche, aus den Jahren bin ich all längst raus!

Frau Marder: Wer sagt denn für Sie?

Frau Schimkat: Ach, Sie meinen meine Isolde?

Frau Marder: Sieht so aus.

Frau Schimkat: Da kennen Sie aber meine Tochter schlecht, Frau Marder, die hab' ich aufgeklärt. Die is nicht so dammlig wie ich in meine Jugend war.

Frau Marder: Wo werde ich mir erlauben, auf Ihre werte Vergangenheit anzuspielen! Ich wollte sagen: Eine Hochzeit liegt dem Haus zu, zumindest eine Verlobung aber.

Frau Schimkat: Ob er sich denn wirklich erklären tut?

Frau Marder: Wer?

Frau Schimkat: Na, der Chef.

Frau Marder: Sie sprechen in Rätseln, meine Liebe, so kommen wir nicht weiter. Wem sein Chef?

Frau Schimkat: Na, die Isolde ihrer.

Frau Marder: Hmhmhmhm ... nach den Karten hat es den Anschein. Lassen Sie mich mal auszählen: 1–2–3–4–5–6–7– – – Großer Herr ...

Frau Schimkat: Na – groß? ... ?

Frau Marder: Ja, ja, ich sehe, mehr mittel.

Frau Schimkat: Jaaaa, das stimmt!

Frau Marder: 1–2–3–4–5–6–7– Dunkelblond bis schwarz, kann auch aschblond sein.

Frau Schimkat: Stimmt haargenau. Dunkel ist er. Wie Sie das auch alles rauslesen!

Frau Marder: Ja, meine Teure, ein langes Studium, das kostet Schweiß.

Frau Schimkat: Das glaub ich. Na, *ich* könnt das nicht, *nie!*

Frau Marder: Weiter! Konzentrieren Sie sich, meine Liebe! 1–2–3–4–5–6–7– – – hat sich ihr schon genähert ...

Frau Schimkat: In allen Ehren!!!!

Frau Marder: Versteht sich.

Frau Schimkat: Er geht doch mit ihr ins Kino.

Frau Marder: Na eben.

Frau Schimkat: Und nach Hause bringt er sie auch jeden Abend – bis vor die Hausentür.

Frau Marder: *Das* sagt alles!

Frau Schimkat: Und fünf Brasil schickte er gestern mit für den Vater.

Frau Marder: Sehr nobel.

Frau Schimkat: Ja, spendinabel, sagt meine Isolde. „Nobleß oblisch“, sagt sie auch immer!

Frau Marder: So ist es. 1–2–3–4–5–6–7– – – Kleine Geschenke fürs Haus, was sagen Sie nun???? Ist der Herr Steinbock oder Stier? – hier nicht deutlich erkennbar.

Frau Schimkat: Jehn Se, jehn Se, Frau Marder, sanft wie e Lamm ist er. Den wickelt die Isolde doch man so ummen Finger.

Frau Marder: Hoffentlich um den Ringfinger. Also: alles in allem gute Aussichten fürs Haus. Eine gute Partie, der Herr. Und ein Mann ... in den besten Jahren ... ist er doch?

Frau Schimkat: Ja, ich denk so um die Vierzig!

Frau Marder: Genau, wie es in den Karten steht: Flotter Enddreißiger, Anfang Vierziger. Das beste Alter.

Frau Schimkat: Ebend, da hat er sich die Hörner schon abgestoßen.

Frau Marder: Zwei Kinder liegen auch zu.

Frau Schimkat: Aber man nicht vorher – wie bei mir!

Frau Marder: Danach sieht es mir nicht aus.

Frau Schimkat: Sie können aber auch, einer muß bloß staunen.

Frau Marder: Ja, meine Karten lügen nicht!

Frau Schimkat: Wie Sie das alles mit der Isolde rausbekommen haben!

Frau Marder: Ja, meine Liebe, die Wissenschaft! – Und wo einer vom andern nichts weiß. Gewiß, man wohnt ja Tür an Tür, aber ich höre und sehe nichts. Wo käme ich da auch hin mit meinem aufreibenden Beruf?

Frau Schimkat: Ja, Kundschaft haben Sie ja mehr wie genug. Jetzt im Frühling geht es ja rein wie im Taubenschlag den ganzen Tag.

Frau Marder: Und im Vertrauen: Auch höhere Kreise. Unter uns: Die Frau Klempnermeister Rumpelbein ist Stammkunde bei mir, das sagt wohl alles?!?!?

Frau Schimkat: Jaja.

Frau Marder: Und alles aus Nächstenliebe.

Frau Schimkat: Ja, eben. Was bin ich schuldig?

Frau Marder: Nach Belieben! Aber nun, meine Teure, ist Ihre Zeit abgelaufen. Draußen ist das Sprechzimmer voll. Jeder will ja gerne einen Blick in die Zukunft tun.

Frau Schimkat: Bloß noch eine bescheidene Frage, Frau Marderchen: Können Sie auch Träume deuten?

Frau Marder: Selbstredend. Das schlägt doch alles in meine Branche.

Frau Schimkat: Ja, vorige Nacht, da träumte ich von meinem verstorbenen Bruder.

Frau Marder: Dann ändert sich das Wetter.

Frau Schimkat: Darum reißt auch wieder so mein Bein.

Frau Marder: Sah er Sie an?

Frau Schimkat: Nein.

Frau Marder: Dann ist er tot.

Frau Schimkat: *Wie????*
Frau Marder: Ähh, ich meine, dann – dann ist der Ischiasnerv in ein paar Tagen tot.
Frau Schimkat: Meinen Sie?
Frau Marder: Bestimmt. Vorläufig reiben Sie am besten mit Affenfett ein.
Frau Schimkat: Na, wo kriegt einer nu Affenfett her?
Frau Marder: Das müssen Sie ihren Mann fragen, wenn er wieder morgens mit dem Affen nach Hause kommt! Der Nächste bitte!!!!

Fritzchen und die Sprichwörter

„Jungens", sagte der Lehrer, „wer von euch weiß ein schönes Sprichwort?"

„Morgenstunde hat Gold im Munde", meldete sich der eine.

„Aller Anfang ist schwer", rief der zweite. – Nun hebt auch Fritzchen den Zeigefinger und sagt treuherzig: „Ein Narr fragt mehr als zehn Kluge beantworten können."

„Du willst mich wohl verkohlen, Bengel", sagt der Lehrer. „Eine Stunde nachsitzen heute, und du sagst mir gleich noch ein anständiges Sprichwort."

Fritzchen schluckt die Tränen herunter, sagt aber dann: „Macht jeht vor Recht!"

Der Lehrer ist außer sich und langt dem Jungen eine. „Gleich sagst du ein vernünftiges Sprichwort oder es setzt eine anständige Tracht!"

Fritzchen heult: „Der Jerechte muß viel leiden!"

Der Lehrer stürzt nach dieser Antwort aus dem Klassenzimmer, um die Geschichte dem Direktor zu melden. Dieser begibt sich nun in die Klasse, geht auf Fritzchen zu und beginnt freundlich auf den weinenden Jungen einzureden. „Hör mal, mein Kind, wenn ich, dein Direktor, dich bitte, mir ein schönes Sprichwort zu nennen, so wirst du mir doch den Gefallen tun, nicht wahr?"

„Ja, Herr Direktor", schluchzt der kleine Fritz, und

nach einer kleinen Weile sagt er strahlend: „Ein Unglück kommt selten allein."

Diese Antwort verschlägt auch dem sanftmütigen Direktor den Atem, er muß an sich halten, um nicht aus der Haut zu fahren. Da er aber ein guter Pädagoge ist, schluckt er den Ärger hinunter und redet nochmals auf den Kleinen ein. „Fritz, wir wollen uns wieder vertragen. Du sagst uns ein anständiges Sprichwort und alles ist vergessen." Da legt Fritzchen seine Patschhand in die ausgestreckte Rechte des Direktors und sagt mit leuchtenden Augen: „Pack schlägt sich, Pack, Pack verträgt sich."

Ende gut – alles gut!

Junges Gemüse in der Schule

Die Schule war für die Landkinder ein notwendiges Übel, zumindest aber eine unliebsame Unterbrechung ihrer Lieblingsbeschäftigungen in Haus und Hof. Lieber tummelten sie sich bei ihren Karnickeln, den Tauben, Hühnern und anderem Viehzeug, als daß sie in der Schule die enge Bank drückten. Deshalb klang es auch gar nicht verwunderlich, wenn der kleine vierjährige Hermann die Oma aus freien Stücken eines Tages fragte: „Ohmche, was kann einer werden, ohne inne Schul zu gehen?" Schließlich rückte aber auch für ihn das Schreckgespenst näher, und alle Tanten und Onkels fragten den Kleinen ein paar Wochen vor dem ersten Schultag: „Na, Hermannchen, freust du dich auch schon sehr auf die Schule?" Das wurde dem Steppke schließlich zuviel. Nachdem er zuerst immer hartnäckig geschwiegen hatte, antwortete er nun: „Nei, aber auffe Ferien!" Zuerst gab es ja einige Lichtblicke. Man wurde mit den neusten Requisiten für die Schule ausgestattet, einem Ranzen mit zwei Schwämmen, einer funkelnagelneuen Schiefertafel, dem Federkasten mit bunten Griffeln, Bleistiften, Gummis, Anspitzer und sonstigem Drum und Dran. Und nicht zuletzt hing Mutter einem eine große lederne Frühstückstasche um mit ein paar dick belegten Schnitten Brot. Das ließ sich leben! Zu verhungern brauchte man also nicht in der Schule fürs erste. Und wie staunten die Freunde über die fein angespitzten Griffel, Milchgriffel, bitte! Einer schlich sich sofort zu Hermannchen, blickte neidisch auf die beiden Stücke, hielt seinen Bleistift, der eher ein Gnubbel war, hin und sagte: „Kömmst tusche?" Hermann sah den Frager von oben bis unten an und tippte ein paarmal auf seine rechte Schläfe mit dem Finger. Damit war für ihn der Fall erledigt. Aber er f ü h l t e sich in seinem Besitzerstolz.

Jedes der Kinder hatte sich seinen Platz in der Schulbank ausgesucht. Hermännchen saß ganz vorne, daß er gerade das Katheder und die große Tafel vor sich hatte. Nun aber – das hatte er nicht einkalkuliert – ruhten auch des Lehrers erste Blicke gerade auf ihm, er saß ihm ja förmlich vor der Nase. Und es dauerte auch gar nicht lange, da richtete er an den Kleinen die Frage: „Na, werden wir uns auch gut vertragen?"

Was soll denn das? dachte Hermannchen und antwortete: „An mir soll es nicht liegen, Herr Lehrer."

Die Fragerei von seiten des Lehrers nahm, wie es schien, am ersten Schultag kein Ende. Bald wurde er wieder aufgerufen und der Lehrer fragte von neuem: „Was ist dein Vater?"

„Der ist krank."

„Ich meine, was er tut?"

„Der hustet."

„Und was macht er, wenn er nicht krank ist?"

„Denn hustet er nicht."

„Paß mal auf, Hermann, wir verstehen uns falsch. Ich meine, was macht dein Vater, wenn er nicht krank ist und nicht hustet?"

„Denn ist er gesund."

Hermannchen erntete von seinen neuen Kameraden einen Lacherfolg, der Lehrer schmunzelte. „Na", dachte der Schulneuling, „das kann gut werden, diese ewige Fragerei"; er besann sich, daß er Frühstücksbrot mithatte und begann in aller Seelenruhe dieses auszupacken und reinzubeißen. Nun aber mußte er auch am ersten Tage kennenlernen, daß man das nicht durfte, essen war nur für die

Schulpause vorgesehen. Und bis es läutete, das dauerte für ihn eine ganze Ewigkeit.

Aber auch dieser Tag ging an ihm vorüber und allmählich gewöhnte sich Hermann wie alle Landkinder an den neuen Lebensrhythmus.

Auf den Mund sind die Landkinder in Ostpreußen nicht gefallen. Sie können sehr treffende und oft dreibastige Antworten geben und damit den Nagel auf den Kopf treffen, wenn sie auch im Rechnen zuweilen ein richtiger Stubbekopp sind.

Einmal fragte der Lehrer die Kinder nach dem Viehbestand zu Hause.

„Wieviel Kühe habt ihr zu Hause, Karl?"

Karl erhob sich und sagte forsch: „Sechs, drei weiße und drei schwarze."

„Nun erzähl mal, mein Junge, was für Milch geben die weißen Kühe?"

„Na, weiße."

„Und die schwarzen?"

„Na, auch weiße, denkst du, Dammlack, schwarze?"

Fritzchen war im Rechnen sehr schwach. Sein kleiner Kopf konnte es nicht fassen, daß eins und eins zwei sein sollte. Als er wieder mal eine verkehrte Antwort gegeben hatte, versuchte der Lehrer, ihm das Rechnen auf andere Weise zu erleichtern. „Paß mal auf, Fritz, wenn deine Mutter dir eine Scheibe Brot gibt und hernach, wenn du sie auf hast, noch eine, wieviel Scheiben Brot hast du dann bekommen?" Fritz antwortete: „Dann hab ich genug!"

Das kleine Lieschen lernte gern und möglichst schon etwas im voraus. Am Abend saß sie so auch einmal mit der Mutter und rechnete an den kleinen Fingern aus, daß $2 + 2 = 4$ ist. Stolz ging sie den nächsten Tag zur Schule, sie wußte, daß sie heute diese Rechenaufgabe durchnehmen würden. Was aber geschah? Mittags kam Lieschen weinend nach Hause und schluchzte: „Du hast mich beschummelt, Mutti, du hast mir gestern beigebracht, daß $2 + 2 = 4$ ist und unser Fräulein sagt $3 + 1 = 4$!"

Ein Schulrat war in ein kleines Dorf gekommen und

wohnte auch einer Rechenstunde bei. Nun hatte er eine besondere Methode, die Aufmerksamkeit der Kinder zu prüfen. Er schrieb die Ergebnisse einer Rechenaufgabe immer verkehrt an die Tafel. Z. B. bei $6 \times 7 = 42$ schrieb er 24 an die Tafel. Das tat er ein paarmal, dann rief er den kleinen Karl an die große Tafel und sagte: „So, mein Sohn, nun gib du mir mal eine Aufgabe." Karlchen war helle, er überlegte nicht lange und sagte: „Wieviel ist 7×11?" Als der Schulrat gerade die Kreide ansetzte, brummte Karlchen halblaut: „Na, nu schreib das mal falsch, du Oap!"

Der Lehrer hatte den Kindern gesagt, daß sie immer ein reines Taschentuch in der Schule mithaben müßten. Die Jungens begriffen zwar schwer, wozu die umständliche Prozedur des Naseputzens sei, ohne Taschentuch ging es doch viel einfacher, aber wenn es der Lehrer wünschte, mußte man wohl gehorchen. Erfreut konnte sich auch der Lehrer von der Wirkung seiner Erziehung überzeugen, einmal sogar außerhalb der Schule, als er einen Kleinen mit seiner Mutter auf der Landstraße traf und dieser herzhaft in das Taschentuch hineinschneuzte. Die Mutter aber rief empört: „Wat, schon wedder ins nie Schnupptog, du Schwien!" Und rietz, ratz setzte es einen Mutzkopf. Das Taschentuch war von der Mutter zum Vorzeigen in der Schule gedacht, aber nicht etwa zum Gebrauch.

Ein Fremder ging einmal durch ein kleines ostpreußisches Dorf. Ein Dorfjunge heftete sich an seine Fersen und bettelte: „Herrke, jäwe Sie mi doch e Dittke!" „Mach, daß du nach Hause kommst", sagte der Angeredete. Der Junge ließ nicht locker und bettelte weiter: „Doch man bloß e Dittke, Herrke!" Da wurde der Fremde ungehalten und sagte: „Soll ich den Gendarm holen!" „Na, nu sind Se man doch nich so! Wat ös Enne schon e Dittke?" „Verschwinde, ich habe kein Geld!" „Aber tom Versupe, da hest", rief der kleine Lümmel nun erbost.

Vom vielen Waschen halten die Kinder im allgemeinen ja nicht viel. Einmal kam Karl aus der Schule, das Essen war noch nicht fertig, und er sagte: „Muttche, gib mich man noch e Stück Brot." „Ich schmier dir gleich was, aber geh bloß erst die Hände waschen, die sind ja wie die Erde so schwarz." Karlchen nahm keine Notiz von Mutters Ermahnung, er meinte: „Gib man ruhig, Muttche, is je Schwarzbrot!"

Der Einwand verschlug diesmal nicht bei Mutter, Karl mußte doch an die Wasserleitung. Als er die Hände nach dem Waschen der Mutter vorzeigte, sagte sie: „Was, das sollen reine Finger sein?" Der dreibastige Karl erwiderte lachend: „Wart doch man erst, Muttche, ich muß sie erst zu End abtrocknen!"

Die Kinder hatten einmal in der Deutschen Stunde die Zeiten Gegenwart, Vergangenheit, Zukunft durchgenommen. Nun fragte der Lehrer: „Wenn ich sage: ich wasche mich, du wäschst dich usw., was für eine Zeit ist das, Karl?" Karlchen antwortete prompt: „Das ist Sonntag, Herr Lehrer!"

Ein andermal hatten sie die Steigerung der Wörter durchgenommen und der Lehrer fragte die Kinder, wer auch einmal ein Beispiel nennen könnte. Da hob Fritz den Finger und sagte: „Viel, vieler, am vielsten!" Der Lehrer meinte schmunzelnd: „Na, denn sag mir mal einen Satz mit vieler!" Fritz überlegte nicht lange: „Der Maikäfer hat ‚Vieler'!"

Ein Schulrat hatte sich wieder einmal zur Inspektion angemeldet und zwar wollte er einer Religionsstunde beiwohnen. Damit nun alles glatt vonstatten gehen konnte, hatte der Lehrer mit den Kindern vorsorglich alles gründlich durchgenommen, was er fragen wollte. Über die Glaubensartikel sollte in der Stunde gesprochen werden. Jedes der Kinder wußte genau, was der Lehrer fragen und was es zu antworten hätte.

Nun passierte aber dem Lehrer in der Aufregung ein kleines Versehen, er nahm den Falschen heran; das war der kleine helle Kopf, der Fritz. Der war auch in diesem Augenblick nicht um eine Antwort verlegen, geistesgegenwärtig rief er laut: „An den Artikel glaub *ich* nicht, Herr Lehrer, an den glaubt doch der Franz!"

Die Kinder hatten einen Aufsatz über die Wüste zu schreiben, von der ihnen der Lehrer tags zuvor erzählt hatte. Karlchen schrieb: „In der Wüste ist es sehr heiß, darum gehen alle Menschen mit ohne Kleider. Sie sind alle pechrabenschwarz und heißen Neger. Die Männer tragen auf dem Kopf eine lange Feder, damit man sie von den Frauen unterscheiden kann."

Franz ist semmelblond wie seine Mutter. Er ist das einzige Kind in der Familie. Nun aber, als er 6 Jahre geworden ist, bekommt er endlich ein Brüderchen. Das paßte dem Jungen zuerst gar nicht, denn er fürchtet mit Recht, daß er fortan wohl nicht mehr die erste Flöte in der Familie spielen würde. Eine Weile nahm er also keine Notiz von dem Familienzuwachs. Dann aber wurde er doch neugierig, schlich sich zu dem Vater und horchte ihn aus, wie der Kleine denn aussähe. „Ja", meinte der Vater, „mein Sohn, ganz anders als du. Der ist ganz dunkel." Franz war sprachlos. Er sinnierte eine Weile, dann lief er eilig zu seinem Freund und berichtete: „Ich hab nen Bruder bekommen, der ist ganz schwarz, soll nen Neger sein!"

Iphigenie auf dem Lande

Es ist ein alter, beliebter Brauch bei Menschen in bescheidener Position, daß sie ihren Kindern oft recht hochtrabende Namen geben, die an falscher Stelle und an dem falschen Objekt natürlich häufig ihre belustigende Wirkung nicht verfehlen.

So war es auch bei der Familie Baudzkuhn in einem kleinen Dorf bei Pillkallen. Vater war Instmann und Mutter arbeitete, wenn Not am Mann war, auch noch neben ihrer Wirtschaft auf dem Bauernhof mit. Drei Töchter hatten Baudzkuhns, Kinder wie die Bilder.

Am Sonntag nach Tisch war es üblich, daß die ganze Familie im Sonntagsstaat auf den Friedhof und ein Stück über Land spazieren ging. Vater zog dazu einmal wie immer seinen besten, den Sonntagnachmittagsausgehrenommieranzug an, Mutter warf sich in das Schwarzseidene, und die drei Marjellchen prangten wie die Schmandengel von

Kopf bis Fuß in weiß. Auf Feiertag waren sie ausgeputzt und sahen wirklich piekfein aus.

Nicht immer war die Landstraße trocken und blank. An einem Sonntag, als sie wieder den traditionellen Spaziergang antraten, war gerade ein anständiger Regenguß vom Himmel heruntergeprasselt, und der Weg war naß und aufgeweicht. Das Kleid der Kleinsten zeigte schon bald eine Menge Schmutzflecken, „Kläter", wie man in Ostpreußen zu sagen pflegt.

Dieses entdeckte auch bald das wache Mutterauge. Empört rief die gestrenge Mama dem Vater zu: „Nu kick doch bloß de Iffigenje, dem Schwein! Hat die sich all wieder behampelt!"

Ostpreußische Sprichwörter und Redensarten

Was zum Schweinstrog ausgehauen ist, wird im Leben kein Vijilin.

Nachbars Brot is Has'chebrot.

Jeder Pracher lobt seine Laus.

Wenn es Mod is, gehen die Katzen mit Spreittüchern.

Wie es fällt, so bullerts.

Was der Deiwel all so begriest, das begraut er auch.

Der Faule schläft sich zu Tod, der Fleißige rennt sich zu Tod, sterben müssen sie beide.

Tust nuscht, taugst nuscht, tust was, haben sie dich alle Näslang am Krepschull.

Wenn die Frau Magd ist und der Bauer Knecht, dann geht's in Haus und Hof all recht.

Ein großer Giebel ziert das Haus.

Mannes Mutter ist des Teufels Unterfutter.

Der Mann is der Kopp, aber die Frau is dis Mützche und huckt obenauf.

Wenn der Mann is wie e Laus und die Frau is wie e Haus, so muß sie doch horchen (gehorchen).

Nichts geht über die Gemütlichkeit, als ausgefegt und Sand gestreut.

Es kommt vor, daß einer fällt und findt nuscht.
Wer nicht wagt, kommt nicht nach Wehlau, wer zuviel wagt, kommt nach Tapiau.
Gewest, wo gewest, tohus is immer best.
Kommt Zeit, kommt Rat, kommt Sack, kommt Saat.
Kömmst nich hiede, kömmste morje, äwermorje ganz jewiß.
Der Mensch kann noch so dammlich sein, er muß sich bloß zu helfen wissen.
Wer nich deert, der is e Dussel, denn er traut sich nich, der Schussel.
Maschkuppie is Schieterie.
Bist boawe, denn bist obenan, bist buute, na, denn luer man.
Verliebt wie e Stint.
Er fängt sich an, rauszumustern.
Er mausert sich.
Du hast wohl de Spendierbixen an?
Der hat sich de Schlorren vollgeschöpft.
Die Zigarre heißt hörense!
Die Stadt steht auf Stützen.
Du mußt dich dran gewöhnen, mein Tierchen, sagd der Bäcker und wischd mit der Katz den Ofen aus.
Wer's glaubt, zahlt'n Taler.
Herr, wie du willst, bloß keine Alte!
Herr Hevelke, nu goahne wi!
Er ist nach Geld wie der Igel nach Blut.
Der is imstand und tut das.
Hab dich nich!
Is all Zeit, inne Posen zu gehen.
Spickt dich der Hafer?
Dir juckt wohl der Puckel?
Den hat de Zigahnsche aussem Pungel verloren.
Er glüht wie e Rastenburger.
Du redst wie e Endche Licht.
Er läßt sich nich reden.
Kannst inne Röhr' kicken.
Faul wie e Rung.
Es regnet wie auf Stiefkinder.
Er kann vor Schulden nicht sacht (oder grad') jehen.
Der steckt dich allemal innen Sack.